小学館文庫

海が見える家　旅立ち

はらだみずき

小学館

海が見える家　旅立ち

1

暑中お見舞い申し上げます。
暑い日が続いていますが、その後いかがお過ごしですか。
泊めてもらった夜、あまり話ができませんでした。
貴殿にとって、よりよい道が拓けることを切に祈っています。
また会える日を楽しみにしています。

夜明けとともに車の荷台からボートを降ろし、砂浜から海に浮かべた。

素足で水に入ると、波打ち際から押し出した船尾に飛び乗り、オールをつかむ。しばらく漕《こ》いでから、船外機のスクリューを海に降ろし、エンジンロープを引いた。

一回、二回、三回……。

四回目で初爆を確認し、チョークをもどし、もう一度ロープを引く。

ぶるんと震えたエンジンが小気味よい音を刻みはじめる。

ふと、なにかの気配を感じ、顔を上げてしまった。

港の向こう、ずんぐりとしたビワ山から朝陽《あさひ》が昇っていく。

山の端《は》が光に照らされ、輪郭を際立たせる。

記憶に残る花色に似た、その白さに思わず目を背け、二馬力の船外機のスロットルを開いた。持ち上がったボートの舳先《へさき》が水を切り、青い海を滑り出す。

驚いた小魚たちが波間に次々に跳ねる。

潮の香りを全身で受けながら、逃れるように文哉《ふみや》は沖へ向かった。

ようやく落ち着き振り返ると、海を泡立たせたスクリューの航跡が遠く砂浜までのびていく。

――まもなく、あの台風から一年が経《た》とうとしていた。

海辺の町にはブルーシートを纏《まと》った家がまだ何軒も残っている。

破れた土嚢《どのう》を載せたままの家もある。

崩れた廃屋の屋根には夏草がのびていた。

ビニールハウスの再建はなかなか進まない。

そして、新たな苦難がこの鄙《ひな》びた町だけではなく、世界を覆いはじめた。

――新型コロナウイルスの感染拡大。

台風の甚大な被害を秋に受けた南房総では、ようやくこれから、というタイミングと重なった。

昨夜のニュースでは、この国の四月から六月期の実質GDPが戦後最悪の落ち込みとなったと報じていた。

海風に顔をなぶられ、沖に進む。

周囲にはだれもいない。

この瞬間が文哉は好きだ。

わずかな時間だとしても、被災した家も、収入の減った仕事も、目に焼きついたあの日の光景も、忘れることができる。

「やっほーい！」

大声で叫んでもだれに聞かれることもない。

あるいは声を上げて泣こうが。

ボートのスピードを落とし、網や浮標《ブイ》、海面の変化に注意を払いながら、さらに沖へ向かう。

少し前、テラさんこと、文哉が管理を請け負っている別荘のオーナー、寺島《てらしま》から電話があった。彼の別荘もまた台風によって被災し、いまだ改修が進んでいない。業者とは打ち合せをしているらしいが……。

「家が直るまでにこっちがお陀仏《だぶつ》にならなきゃいいが」

悩ましい寺島は自虐的なギャグすら口にした。

「ところで、文哉君は釣りに行ってるの？」

「ええ、たまには」

「陸釣りかい？」

「ボートも出しますよ」

文哉は気兼ねなく答えた。

「いつまでもキスやベラ釣って、喜んでる場合じゃないよ」

釣りの趣味が高じて、漁師顔負けの二十九フィート・百七十馬力のトローリング用ボートを港に係留する寺島は、こちらに来られないせいか、そんな話を振ってきた。

「もっと大物を狙わなきゃ」

「おれには無理ですよ」

文哉はそうは言ったが、手に入れた中古の小型ボートでは、キスやベラだけでなく、カワハギやメバルだって釣れるようになった。

「なに言ってる、私のボートに乗ったとき、ブリを釣ったろ？」

「いえ、釣れたのは、シイラでしたけど」

「あれ？　〝マンビキ〟だったっけ？」

「ええ。おれがもらって、おいしくいただきました」

「あ、そうか、そうだったか」

声に出して寺島は笑った。

そのあとで寺島が言い出したのだ。文哉の二馬力・十一フィートの小型ボートでブリを釣れと。

「いいかい、やり方はあのときと一緒だ」

寺島はまくし立てるように、釣り方を詳しく解説しはじめた。

もっとも、ブリと言っても、寺島が文哉に狙えと言ったのは、ブリの若魚にあたるイナダである。ブリは、体長三十五センチ以下のワカシ、六十センチまでのイナダ、八十センチまでのワラサ、それ以上の成魚をブリと呼ぶ。名前が変わる出世魚だ。

ボートの大きさはちがえども、寺島がボートでやっているトローリングと原理的にはいわば同じ方法だ。低速のまま疑似餌のルアーを引いて魚を誘い、釣り上げる釣法だ。

通常の陸でのルアー釣りの場合であれば、使うロッドはひとり一本だからルアーもひとつ。リールを自分の手で巻いて引く。しかしトローリングの場合、ロッドを増やせば、複数のルアーをボートによって引くことができるため、より釣果が期待できると寺島さんは説く。

「トローリングはね、待ちの釣りではなく、攻めの釣りなんだ。なんてったって、魚が来るのを待つんじゃなくて、こっちから魚のほうへ出向こうってわけだからね」

「――なるほど」

返事をしたものの文哉には躊躇《ちゅうちょ》があった。なぜなら、ボートを動かすには燃料が必要になるからだ。

しかし使う釣り道具は、寺島邸のガレージにあるものを持ち出してよいとまで言う。さすがに文哉も断れなかった。

「なんてったってさ」

寺島は自信満々に続けた。「トローリングは、堤防なんかじゃ釣れない、大物や高級魚が釣れるからね」

「やってみます」

文哉は言った。

そんな会話のあと、教えられたやり方を実際に試してみた。

その初めての釣行で、文哉は右舷と左舷の両側にセットしたロッドからルアーを引き、魚を二匹ヒットさせた。

釣り上げたのは、体長三十センチほどの細長い紡錘《ぼうすい》形の魚。

「釣れました！」

テラさんに画像を添付してメールしたところ、「なんだ、〝外道〟じゃないか」とすぐに返事があった。〝外道〟とは、釣り用語で、狙いとちがった魚のことだ。

「でも、これってサバですよね？」

文哉の問いかけに、メールの文字入力がめんどうくさいのか、電話がかかってきた。

「サバはサバでも、マサバではなくゴマサバ。腹のとこにゴマを散らしたような模様があるだろ」

「ええ」

「こいつは脂の乗りがわるくてね、サバ節の原料なんかになるのさ。マサバと比べて市場価値も低い魚なんだよ。まあ、私の釣りではまちがいなく〝外道〟だね」

そう言われてしまったが、文哉はゴマサバを持ち帰って食べた。たしかにスーパーで売っているノルウェーサバのような脂の乗りはなく、あっさりしている、それでもじゅうぶんに食べられる。なにしろ小型ボートのトローリングでの初めての獲物でもある。

後日、スーパーでゴマサバを見かけた。たしかに値段は安かった。

でも売ってもいるわけで、文哉にとってゴマサバは〝外道〟ではない。

「いいかい、魚群《なぶら》を探すんだ」

テラさんの電話の声を思い出した。まるで一緒に船上にでもいるかのようだった。

「――もしかして、あれのことかな」

文哉はつぶやき、なにやら海面の様子がちがう場所へボートを近づけた。

海が泡立つように、そこだけ白く見える。

寺島のガレージのタックルケースから拝借した弓角《ゆみづの》と呼ばれる和製ルアーを二つ、ボートの両側からそれぞれ海に投入する。ブルー、そして、テラさんオススメの茶ラメ。

泡立っている近くをルアーで引いた際、どこからかカモメが数羽飛んできた。

「これって、トリヤマ？」

カモメの数が増え、騒がしい。

そのとき、鈴の音がした。

「えっ、来た？」

文哉は腰を浮かせ、二つの竿先《さおさき》を交互に見る。

ロッドの先端には鈴が付いている。

――と、左舷にセットしたロッドの竿先が大きくしなった。寺島オススメの茶ラメの弓角のほうだ。

「よしっ！」

文哉は声に出し、ボートの速度を落としてからロッドをつかんだ。

リールを巻こうとしたとき、今までにない強い引きを感じた。

「おっ！」

両肘をからだに密着させなんとかリールを巻いていく。

「くーっ！」

汗が首筋を流れた。

「やるなあー」

ボートに寄せた魚が最後のあがきをみせる。

ランディングネットに収めたのは、体長三十センチを超える銀色に輝く美しい魚だ。

「ゴマサバじゃない。アジか？　いや、黄色い線が入ってる」

文哉は声に出した。

「おい、これって、ブリの子供だよな」

口元をゆるめ、すぐさま次の準備にかかった。

ボートを旋回させ、釣れた海域にもどり、再び弓角を流す。

間もなくして鈴が鳴った。

「また来た！」

文哉は叫んだ。「しかもダブルじゃん」

右舷、左舷、共にセットしたロッドの竿先がしなっている。

ラインが風を切って鳴く。

自分に言い聞かせ、バランスをとりながら、狭いボートのなかでからだを動かした。

「あわてるな」

一匹釣り上げ、一匹バラした。

その後、少し小さいサイズを一匹追加した。

あいかわらず、海にはトリヤマが立ち、沖へと移動していく。

だが、絶好のチャンスを追いかけることはしなかった。

もっと釣ろうという意欲が湧かない。

さっきまでの興奮が嘘《うそ》のように引いていた。

うれしいはずなのに、どこか冷めている自分がいた。

トリヤマを見失うと、なぶらも立たず、カモメも見かけず、魚のアタリは遠のいてしまった。こうなると燃料がもったいない。

海岸近くまでもどり、砂地にアンカーを降ろしてキスを数匹釣った。

太陽が高くなっていた。

海原のボートの上では、逃れようがない。

――暑い。

文哉はTシャツを脱ぎ、海パン一枚で海に飛びこんだ。

しばらく仰向《あおむ》けの姿勢で空を見上げて浮かんでいた。目をつぶると、まぶたを通して太陽の光を感じた。まっ白な世界が見えた。

沖に流されているのがわかった。

――このままこうしていたら、どうなるのだろう。

一瞬考えたあと、海面を両手で強く叩《たた》いた。

鼻の奥がツンとした。

からだを反転させ、もどれなくなる前に、ボートに向かって泳いだ。

ボートに上がると、昼前だったが釣りは終わりにした。

「――やっぱり海はいいな」

文哉はつぶやいてみる。

それから陸に向かった。

2

軽トラックにエンジンを外したボートを積み終えたとき、逢瀬崎《おうせざき》のほうから波打ち際をだれかが歩いてきた。

大きめの白のTシャツに短いパンツ姿の凪子《なぎこ》だ。この砂浜を上がった海岸道路沿いに彼女の家がある。

「——釣れたよ」

「なにが？」

凪子の右手はかるく握られている。

「ほら、こんなに」

文哉は荷台のクーラーボックスを傾けて釣果を見せた。

「へえー、すごい。いつもとはちがう魚だね」

「なんだかわかる？」

自慢げに尋ねた。

「ワカシでしょ」

「——え？」

文哉は一瞬躊躇し、「イナダだよ」と言った。

どちらもブリの幼名だが、体長三十五センチ以下がワカシ、それ以上の六十センチまでがイナダだ。

「ちょっと待って—

文哉は仕事で使うメジャーを手に取り、いちばん大きな魚を測ってみた。

三十五センチジャスト。

「ワカシでしょ」

凪子はもう一度言った。

その言葉に遠慮はなかったが、もちろん悪気など感じない。

「――そうだね」

文哉は認め、小さくため息をつく。

顔の前で凪子の白いTシャツが風にふくらみ、下着のブラの近くまでめくれあがる。

彼女はあわてることもなく、風に任せていた。

思わず文哉はうつむき、足もとを横断する小さなヤドカリを見つめた。

「ああ、いい風」

涼しげな声がした。

「凪子さんは、なにやってたの？　ビーチコーミング？」

「うん、少しだけ貝を拾った」

海岸に打ち上げられた漂着物を使って、凪子はさまざまな作品づくりをしている。

それらを預かり、文哉が委託販売を請け負っている。つまりはビジネスパートナーでもあった。

「流木のほうは足りてる?」

「うん、今のところ」

凪子の声の調子はいつもと変わらなかった。

以前と比べれば、かなり違和感なく話をするようになった。最近、彼女の生活で大きく変わったのは、一緒に暮らしていた祖母が老人福祉施設に入所し、ひとり暮らしになったことだ。叔父にあたる、これまた文哉の仕事のパートナーでもある便利屋の和海《かずみ》が心配してか、ちょくちょく顔を出している。

「ほかになにか釣れた?」

「いつものやつ」

「ベラ?」

「いや、キスだけど」

クーラーボックスのなかのレジ袋の口を開き、パールピンクに輝く細長い魚体を見せ、「ええと、イナダじゃなくて、ワカシ持ってく?」と尋ねた。

「ありがと」

凪子がさらりと言った。「キスもほしいな」

「ああ、いいけど」

「料理しようか?」

「え？」

「今日はお店休みだけど、夕飯つくりにいこうか？」

「それはありがたいですけど」

言い方がやけに丁寧になってしまった。

「どうかしたの文哉さん？」

「あ、いや、できればお願いします」

文哉自身、自分の口調がおかしいと自覚しつつ、クーラーボックスごと魚を置いていくことにした。

「──そうだ」

別れ際、凪子が思い出したように言った。

「なに？」

「今度、いつ山に行く？」

「え？　なんで？」

「採ってきてほしいものがある」

「さあ、どうかな」

文哉がためらうように答えると、凪子の視線を感じた。

その瞳の色は、なぜか自分を哀れむように映り、思わず顔を背けた。

白いTシャツがまぶしかった。

あの日から、文哉は山へは足を運んでいなかった。

3

「ほおー、文哉もやるじゃねえか」

グレーのタンクトップ姿の和海が、ボートで釣り上げたイナダ、ではなくワカシの刺身に箸をのばした。サーフィンをやるせいか、和海は四十を過ぎても全身日に焼け、大きなからだはかなり締まっている。

「まあ、いつも小物釣り専門でしたからね」

文哉はわざと自分を卑下してみせた。

凪子がひとりで夕飯をつくりに来るのかと思い、部屋の掃除までして、やや緊張して待っていた自分を笑いたくなった。

「でもよ、ワカシなら、堤防からでも釣れるんじゃねえの。わざわざボートまで出さなくても」

「いやいや、それはむずかしいでしょう」

「そうかなあ、おれがガキの頃は――」

和海は言いかけ、恥じるように口元をひしゃげて閉じた。

「そもそも、狙いはイナダですから」

文哉はわざと明るい声を出した。

「なるほど」

和海はうなずくと、ビールの前に、まずは仕事の話をした。昨年の春、文哉が立ち上げた会社で管理している、この近辺に建つ別荘の件だ。

去年の九月、房総半島に大型の台風が上陸し、甚大な被害をもたらした。文哉が管理する別荘も例外ではなかった。

そのなかで損傷が比較的かるく、リフォーム業者の手配がつかない何軒かのオーナーから、できる範囲での修繕を頼まれた。作業は、文哉が手伝うかたちで、便利屋の和海に依頼した。

最初に仕事を受けた稲垣《いながき》邸の屋根の工事はすでに終わったが、これから取りかかる物件も残っている。

「こないだの話、どうなった？」

和海が上目遣いになる。

「東《あずま》さんとこですよね。コロナの影響もあってこっちには来づらいし、とうとう決断したようです」

「売りに出すってことだな」

「ええ、残念ですが」

「じゃあ、直す必要はねえな」

「それが、修理は頼んだのだから、してもらってかまわないって」

「うーん」

和海は腕を組み、首をぐるりとまわした。「でもよ、なにも壊すかもしれない家を、おれらで直すこともなかろう。売るとなりゃあ、管理契約も解約されるわけだろ？」

「まあ、そうですね」

しかし東さんは、修繕代はきちんと払うと言っていた。当然の話だが、つまりは金になる。

「なあ、使うために修理を待ってくれてる家もあんだ。この家だって途中じゃねえか。そっちを優先しないか？」

和海の口調は落ち着いている。

「たしかにそうですね」

文哉はうなずいた。「お断りします」

台風により被災した住宅の修繕には、公的な支援が行われるため、値段をつり上げ請け負う業者もあると聞く。それに比べて台風後の繁忙期といえども、和海は良心的な平時の便利屋価格で引き受けている。文哉にとって今ではかけがえのない仕事のパートナーであり、尊敬できる人物でもあった。

地元では、あわてて修繕したところで、地球温暖化により来年も台風が来たら、と恐れる声が上がっていた。そんな噂《うわさ》の影響もあってか、被災した多くの家が売りに出された。

しかしその後のコロナの感染拡大により、リモートワークを導入する企業が増えると、都会よりも田舎が安全と考える人たちに、それらの家は飛ぶように売れていった。以前、文哉が管理を頼まれていた、見捨てられたような空き家でさえも。

地元の不動産業者の話によれば、今は中古の戸建てが品薄で売値もどんどん上がっているという。「別荘を売りたいって人がいたら、すぐに連絡ちょうだいね。まるで不動産バブルが到来したって感じだよ」と知り合いの社長はにんまりとした。

思いがけないかたちで、文哉もそれを実感したひとりだ。

「これで、契約別荘は何軒に減るんだ？」

和海は我慢できなくなったのか、持参した缶ビールを開けた。

「おそらく十軒です」

「そいつはいてえな」

ビールを口にすると、染みたように片目をつぶる。

「正直、そうですね。今月末で契約の更新なので、まだわかりませんが」

文哉は短くため息をついた。

去年十四軒にまで伸ばした契約別荘の軒数は、父、芳雄《よしお》が生前ここで管理人をやっていた時代に逆もどりしてしまった。このままコロナによる自粛が続けば、別荘が使われなくなり、契約がさらに解除される心配もある。使えない別荘は、単なる空き家に過ぎない。売りに出したいといった話も増えそうだ。

台風で被災したいくつかの民宿や旅館が廃業に追い込まれた、という話も聞いている。

「台風が去って、ようやくこれからってときに」

ある民宿の主人は嘆いたそうだ。

観光シーズンを迎えた海辺の町は、続けざまに大きなダメージを被った。

この夏、文哉が管理する別荘を利用する人は少なく、訪れたとしても滞在期間は短かった。お盆が過ぎた今は、だれもいない。オーナーは高齢者が多く、感染することはもちろん、ウイルスを持ち込むことも望まなかった。

別荘利用者がここへ来なければ、別荘の基本管理とは別になるオプションサービスによる文哉の収入は得られなくなってしまう。凪子に留守番を任せている、なんでも屋「あんでんかんでん」も開店休業状態が続いている。道の駅などで委託販売している凪子の作品の動きもよくない。大学時代の友人、都倉《とくら》による東京での営業には期待しているものの、どうなるかわからない。

――いったいどこまで保《も》つのやら。

不安な日々を文哉は送っていた。

「凪子のやつだけどな」

和海が声を低くした。「あいつ、どうしたもんかと思ってな」

本人は台所を使って夕飯の準備をしてくれている。文哉が釣った魚を捌《さば》いて上手に皮を剝ぎ、刺身に切り分け、きれいに盛り付けてくれたのは彼女だ。

「というのは？」

「今は海っぷちの家でひとりで暮らしてるが、まだ若い娘だしな。かといって、街中にアパート借りて自活するには稼ぎに不安がある」

「――すいません」

文哉は頭を下げた。

「なんだよ、おめえが謝ることねえべさ」

「でも、凪子さんの作品を預かって、この店も手伝ってもらってるわけですし」

「おまえ、どうして凪子の呼び方、変えた？」

「え？」

てるわけですし」

「そりゃあ、従業員に『ちゃん』はマズいでしょ。おれだって『さん』付けで呼ばれ

「へっ」と和海は笑った。

なにかを油で揚げる温かみのある音が台所から聞こえてきた。

文哉は、桜色をした透き通ったワカシの刺身を箸でつまんで醬油《しょうゆ》につけた。ブリのように醬油に脂は浮かない。けれど口に運ぶと潮の香りが広がる。とれたてのせいかシコシコとした歯ごたえがある。養殖物とはちがう。味はやはりブリに似ているが、さっぱりとしている。

「そういやあ、あの子どうしたんだ？」

「あの子って？」

「ほら、逢瀬崎の入り江で一緒に泳いでた」

「え、カズさん見てたんですか？」

それは一昨年の夏のことだった。

文哉の元彼女である美晴《みはる》が、この地を初めて訪れ、大房岬《たいぶさみさき》のホテルに一泊した。翌日、海が見たいという彼女をとっておきの場所へ連れていった。そこは、文哉が初めてサーフボードに立った海でもあった。

入り江で一緒に泳ぐとイワシの群れに遭遇した。美晴との再会に際して、なにか運

命的なものさえ感じたが、その後は顔を合わせていない。台風のあとに何度かメールのやりとりをしたり、電話で話したりしたが、ここ最近は連絡がない。文哉もとらなかった。

「見てたってことはねえだろ。のぞき見したみたいに」

和海がにらんだ。「見えたんだ。それに、あそこはおれが教えた秘密のポイントじゃねえか」

「──いえ、彼女とはとくになにも」

文哉は首を横に振る。

「なに怒ってんだ？」

「怒ってないですよ。彼女、忙しいみたいです、仕事が」

「東京で働いてんだろ。あの子、なにやってんだ？」

「本をつくってます」

「印刷関係？」

「いえ、出版社で編集者として働いてます」

「はあ、大学出てんだもんな、優秀なんだな」

「まあ、おれよりは確実に収入は多いでしょうけど」

自分で口にしたにもかかわらず、余計なことを言ったと後悔した。

「まあ、飲めよ」

「いただきます」

文哉は缶ビールを開けた。

「凪子、気にしてるみたいだぞ」

「なにをですか？」

「元気ねえから、おまえが」

「そんなことないですよ」

「髭《ひげ》のばしてんのか？」

「え？　無精髭ですよ」

「いや、おまえは変わったよ」

和海は決めつけたあと、台所に向かって声をかけた。「凪子、おまえも飲め」

「凪子さん、飲めるんですか？」

文哉は驚いてみせたが、和海の言葉の意味は承知していた。

――おまえは変わったよ。

その通りだと思う。

でもそれを言うなら、和海だって、凪子だって変わったはずだ。

あの台風のあと、変わらざるを得なかったような気がする。

「二十歳過ぎてんだぞ」

和海がつまらなそうに応じた。「酒くらい飲むべさ。それに気持ちわりいんだよ、その呼び方。おまえも『凪子』にしとけ」

「いえいえ、それはできませんよ、今さら」

「ふん」

和海は鼻を鳴らした。

昼に会ったときと同じTシャツ姿の凪子が料理を運んできた。

ワカシは刺身に続いて、あら塩を振った塩焼き。

天ぷらは開いたキスのほかに、庭で摘んだシソが彩りを添えていた。

そのほかに、こちらに食材がないと知っていてか、ナスの煮物まで用意してくれていた。

去年であれば、この店で野菜を扱っていた。文哉自身、借りていた畑でトマトやキュウリやナスだけでなく、多くの種類の野菜を育てていた。

――が、やめてしまった。

台風の前に見にいった、山の斜面の陸稲畑《おかぼばたけ》が脳裏に浮かんだ。

緑の稲穂が垂れ、風に揺らいでいた。

「いただきます」

凪子が卓袱台《ちゃぶだい》につくと、あらためて文哉は手を合わせた。

祖母譲りのせいか、凪子の料理に目新しさはない。それがかえって文哉の口には合った。子供の頃に両親が離婚し、芳雄の男手ひとつで育てられた文哉は、家族そろって食事をする機会が少なく、食卓で味にこだわることも知らずに成長した。おいしいと感激した記憶は乏しく、出されたものを食べるしかなかった。とくに姉、宏美《ひろみ》のつくる料理は正直苦手だった。

文哉には、さっぱりしているワカシの刺身もおいしかったが、塩焼き、あるいは食べ慣れたキスの天ぷらがより口に合った。庭に勝手に生えているシソも馴染《なじ》みのある香りで安心できた。

「凪子、おまえアパートに移るつもりないのか？　なんだったら、敷金や礼金くらい援助するぞ」

和海の問いかけに、凪子は黙って首を横に振る。昼には気づかなかったが、薄く化粧していた。

「そろそろ仕事のほうも真剣に考えたほうがいいんじゃないか？」

また首だけを振る。

自分の話題を避けたいのが見え見えだ。

やれやれといった感じで、和海が小さく咳払《せきばら》いした。

「おいしいです」

文哉が声に出すと、凪子がちろりと視線を送ってきた。

店番をする凪子とは、二人で昼食を共にすることが度々ある。そのときはお互い自然なのだが、和海がいるとどこかちがう雰囲気になる。叔父の和海は、凪子にとって数少ない血のつながった特別な存在だからだろう。

「そうだ、明日でも、仕事終わったら海いくか？」

和海が話題を変えた。

「明日ですか？」

「なんか用事でもあんのか？」

「図書館に行こうかと思って」

「おまえ、本なんて読むの？」

「そりゃあ、おれだって本くらい読みますよ」

「なんの本だ？」

「いいじゃないですか、そんなこと」

文哉は笑ってごまかした。「それに、海水浴場はどこも開いてないですよ」

「そんなとこで潜るかよ」

「潜るんですね？　じゃあ、逢瀬崎？」

「ああ」

「――私も行く」

少し遅れて凪子が口を開いた。

この夏、南房総では新型コロナウイルス感染拡大防止のため、海水浴場は開設されなかった。海水浴客の人気スポットでもある沖ノ島への車両及び徒歩での立ち入りも禁止された。海水浴客を見守るライフセイバーがいないため、海岸には遊泳を控えるよう看板が立った。館山湾《たてやま》の花火大会も中止となった。

もちろん、文哉もコロナウイルスについては注意を払っていた。しかし地元では、テレビのニュースで知る都会ほどナーバスにはなっていない印象だ。とくに高齢者はマスクもせずに井戸端会議を開いていることも少なくない。ほめられたことではないが、田舎ならではの現状もある気がした。

当面の収入が見込めない文哉にとって、海は食っていくためのもっとも頼りになる自然だ。代を重ねた地元民であり、漁師を父に持つ和海が海で食材を得ることも、あたりまえの行為でもあるように映る。海辺で育った凪子にしても同じだろう。

「もう少しで、イナダなのにな」

和海が塩焼きの魚の大きさを指で測ってつぶやいた。

けれど文哉は思った。ワカシではなくイナダであろうと、その上のワラサだろうが、ブリではない、と。

――おれは、ワカシだ。

それでいい。

4
「――やっぱ、海はいいっすね」

フジツボの張りついた大きな岩に座り、文哉は沖を眺めた。

空は青く晴れ渡り、海はその色を忠実に映している。

鼻からゆっくり息を吸うと、むせかえるような潮の香りが胸いっぱいに広がっていく。

海から上がった和海が、〝スカリ〟と呼ばれる網製の魚籠《びく》を腰からぶら下げ、近づいてくる。右手には水中メガネ。立ち止まると犬のように首を振り、短い髪の水滴を飛ばす。発達した胸筋がワックスでも塗ったように水を弾《はじ》いていた。

「とれたぞ、〝イソッピ〟」

日に焼けた腕で持ち上げた網の隙間から、赤茶色の甲羅や脚がのぞいている。

〝イソッピ〟とは、このあたりの呼び名で、岩礁に棲《す》むショウジンガニのことだ。こいつの味噌汁《みそしる》が父の好物だったと教えてくれたのは、和海だった。十五センチほどの磯ガニは口にできる身はわずかだが、濃厚な出汁《だし》がとれ、クセになる味なのだ。ここで暮らしはじめた頃は、文哉もよくとったものだ。

「そっちはどうだ。なんかとれたか？」

和海がスカリを潮だまりに沈めた。

「いえ、まだなにも。サザエをたくさん見かけましたけど」

「なんだよ」

不服そうにつぶやいてから、和海が言った。

「そういやあ、増えてるみてえだな。おかしな話だよな、こんなにサザエがいんのに、地元の人間ですらとっちゃいけねえってんだから。まあ、帰りにヒデさんとこ寄って、分けてもらえばいいけどよ。自然の恵みを自由にとる楽しみを人から奪って、つまらねえ世の中になっちまったもんだ。食っていけない人間が増えるのも当然の話さ」

ヒデさんとは、潜水漁をやっているこの浜に暮らすベテラン漁師、秀次《ひでじ》のことだ。去年の台風のあと、しばらく海に出られず、和海と一緒に屋根にブルーシートを張る作業を手伝ってもらった。酒好きで、元海女の奥さんに頭が上がらない。酒は、手脚の関節の痛みをとるためだと秀次は言うが、潜水病じゃないかという噂だ。

「とらねえのかよ、夕飯のおかず？」

和海が赤いテープを巻いたイソガネを手にした。目立つ色を付けるのは、落としたときに回収しやすいためだ。

「いえ、とりますよ。とらなくちゃ」

文哉は答えたが、腰を上げようとはしなかった。

「そういえばおまえ、痩せたな」

「そうですかね」

笑ってごまかした。

たしかに去年の夏より体重が八キロほど落ちていた。もともと痩せ気味ではあったが、最近ズボンのウエストがゆるくなり、ベルトの穴が合わないことに気づいた。

理由はわかっている。

以前より食事の量が減っている。というより、食事する回数さえ減ってしまった。ひとりでの食事はおかずの数も少なく、かなり質素にすませてもいる。

「ちゃんと食ってんのか？」

和海の声に苛立《いらだ》ちがにじんだ。

「食ってますって」と答えたが、今朝も食べなかった。

痩せたのは、食べることに執着しなくなったせいもある。一日三食という食習慣に疑問を抱きもした。二食だった時代もあり、三食は必ずしも健康によいとは言いがたいという説もある。

朝起きると仕事をはじめ、午前十時過ぎに朝昼兼用の最初の食事をとり、午後六時過ぎに夕食という一日二食の日もある。とくに腹が空《す》くわけでもなかった。食べないでいると胃が小さくなるのか、たくさんは食べられなくなった。

そもそもの原因は、食べるものが手に入りにくくなったせいかもしれない。去年の夏は野菜をたくさん食べた。トマト、キュウリ、ナス、ピーマン、ゴーヤ、カボチャ──。もらったり、自分で育てたり。

初収穫した陸稲は、一年保たなかった。

先日、暑中見舞いを寄こした市蔵《いちぞう》が罠《わな》で捕まえ分けてくれたイノシシは、冷凍した脂身だけが少し残っている。その後、持参してくれた燻製《くんせい》は食べてしまった。

しばらく肉は口にしていない。

野菜も陸稲も、今年はつくっていない。

なぜなら、自分の畑はもうないからだ。

時間と労力をかけてビワ山の奥の休耕地をひとりで畑にもどした、というのに。

イノシシから守るべき畑がない以上、その肉も手に入らない。

──あの畑は今頃どうなっていることやら。

おそらく以前のように夏草が茂っているはずだ。気になるものの、足を運ぶ気にはなれない。

ときどき海へは出るが、山へは足が向かなくなった。

春の山菜の時季も山には入らなかった。

この春、東京から帰ってきたビワ農家のひとり息子の彰男《あきお》から、収穫の手伝いを頼まれた。けれど、なんだかんだこじつけて断ってしまった。仕入れが止まり、自然栽培野菜の宅配便も今は休止している。再開の目処《めど》は立っていない。

瑞々《みずみず》しく味の豊かなあの野菜をつくる人はもういないからだ。

——幸吉《こうきち》はこの世を去った。

最近、文哉は収入が減っているにもかかわらず、スーパーで食材を買う機会が増えている。

ある日の夕方、食べるものが家に見当たらず、財布に残っていたわずかな金を頼りに、自転車で館山市内のスーパーへ向かった。入店したのは、午後六時半過ぎ。生鮮食品売り場に白衣の店員の姿があり、なにやら作業をしている。消費期限が迫ったものに値引きシールを貼り付けていたのだ。

さっきまで正規の値段だったものが次々に値引きされていく。二割引、三割引、なかには半額のシールまである。

すると、気づいた客が集まってきた。

おかしな話にも思えた。だが、文哉にもありがたかった。

それからは、食べるものがないと、夕方まで待って自転車でスーパーへ向かった。これまでは手をのばさなかった、できあいの惣菜《そうざい》も値引きシールが貼られていれば、買い物カゴに入れるようになった。

揚げてから時間の経った天ぷら、唐揚げは、フライパンで温め直したところで、正直うまくない。が、腹は満たされる。

それでまた、食べることに熱心になれなくなった。

先日、和海と凪子と一緒に口にしたワカシの刺身やキスの天ぷらはとてもおいしく感じた。でもまたすぐに食材を求めて海へ出かけようとは、以前のように思えない。

――なぜだろう？

少し離れた波打ち際に、濃紺のワンピースの水着になった凪子がいた。まるでスクール水着のようだが、小柄で華奢《きゃしゃ》なせいか違和感がない。

凪子はなにかをさがしていた。おそらく食べるためのものではなく、ものづくりに使う貝殻やシーグラスの類いだ。それともなにか別な素材だろうか。

先日、山へ行ったらとってきてほしいと頼まれたものは、手に入っていない。

「――おい、行くぞ」

和海の声にうながされ、文哉はシュノーケル付きの水中メガネを手にした。

場所は、一昨年の夏、美晴と泳いだ逢瀬崎の入り江。水は澄み、波も穏やかだ。八月も終わりに近づき、クラゲの心配はあるが、ラッシュガードも身につけず海に入る。水中メガネ越しに、遠くまでよく見通せる。海藻が気持ちよさそうに揺らめき、その緑の合間には鮮やかな虹色のアオベラや黄色の縞模様《しまもよう》のゲンロクダイの姿も見えた。

しなやかにバタ足を使う和海は、引き続き〝イソッピ〟を狙っているのか、岸沿いに沖へ向かう。ときおり潜り、海中の岩棚の下をのぞきこんでいる。軍手をしているのは、魚やカニの棘《とげ》から身を守るためというより、エラや突起に軍手を絡ませ捕まえるつもりなのだ。文哉もそのやり方でカサゴを手づかみしたことがある。

岩棚の下を水中メガネでのぞいてみる。

赤いイソギンチャクが張りついた岩のあいだから、イソギンポが顔を出していた。そのすぐ下に、赤茶色の突起の並んだ脚が三本のぞいていた。

――〝イソッピ〟だ。

なかなかの大物だ。

まだこちらには気づいていない。丁寧にすりこぎで潰せば、いい出汁がとれるはずだ。

息が続かず浮上してから再度潜ると見失ってしまった。

文哉は海面に顔を出し、シュノーケルの先から海水を吹き飛ばし息をする。

「おい、いたぞ！」

和海の声がした。

「そっちにまわれ！」

文哉は、和海の指さす岩場に上がった。

なにを見つけたのかは、およそ見当がついた。

魚には、不思議なことに泳ぐのがあまり上手《うま》くないやつもいる。そういう類いは、漁具であるヤスや網がなくても手で捕まえられる。おそらく和海の狙いは、カサゴ以上に捕まえやすい、あいつだ。

「いいサイズだ。挟み撃ちにしようや」

和海が屈託なく笑いかけてくる。

その笑顔が文哉にはまぶしすぎる。

細長く続く浅瀬に迷いこんだ、ぶかっこうな魚は、さかんにヒレを動かし水を跳ね上げ、逃げ惑っている。

「よし、追い込んだぞ」

文哉は待ち構えるが、腰が高く逃げられてしまった。

「おい、なにやってる！」

和海は声を高くする。

すると凪子が水を跳ね上げながらやって来た。

浅瀬の溝に這《は》いつくばるようにして潜った和海が、両手を合わせた姿勢で勢いよく起き上がった。空に突き上げた手には、派手な黄色と青が目立つ、二十センチほどのハコフグをつかんでいる。

「――いいっすね」

文哉は笑ってみせた。

「おおきいね」

凪子の声も明るい。

トンビが一羽、逢瀬崎の上空をゆっくり旋回している。

「――なあ、文哉」

和海が短くため息をつく。

「え?」

視線を下げると、和海が自分を見ていた。

「おまえさ、口では『いいっすね』ってよく言うけど、なんだかちっともいい感じには思えねえんだがな、おれには」

「そんなことないっすよ」

「おまえ、少し休んだらどうだ？」

和海の声がいつになく穏やかになる。

「休む？」

「ああ、ずっと働き通しだろ」

「休んでますって」

「そうかな？」

「カズさんこそ、休んでくださいよ。去年の台風以来、働きづめじゃないですか」

和海は視線をそらした。

「ひっきりなしに仕事が舞い込んでくるからな。けど、おれは休むよ。そのうち、バリ島にでも波乗りに行こうかと思ってよ」

「いいっすね」

文哉は言ってしまい、「けど、コロナで当分無理でしょ」とごまかした。

「そうだよな。休みたくてもよ」

和海がふっと笑った。

たしかに、文哉は休みをとっていなかった。

土曜日も日曜日も働いた。もともと休日など決めていなかった。とくに台風のあとは、丸一日休んだことなど一度もない。曜日など気にせず働いた。たとえ金にならなくても。

いつの間にかそんな日常があたりまえになってしまった。

でもそれは、きっと和海も同じだろう。

それに休もうとしても、安まらなかった。それどころかよく眠れない日も続いた。頭もからだも、休もうとして、休めるわけではないのだと知った。

「おまえ、なに考えてる?」

ハコフグをつかんだまま、和海が言った。

「なにって?」

「——あの日、なにがあった?」

「あの日?」

「とぼけるなよ」

和海の声が力なく叱った。

感情が大きく揺さぶられたわけではない。それなのに、なぜか瞳にじわじわ涙が浮かんでくる。悲しいという感情が、遅れて胸に迫ってくる。自分は悲しんでいるのだ、と気づいた。

たしかに自分は変わってしまったのかもしれない。

和海の言う、「あの日」から——。

「ひょっとして、おまえ」

和海は早口になった。

が、その先は口にしなかった。

「どうするの、その魚？」

凪子がためらいながら口を挟んだ。

「そういえば、好きだったよな」

和海がつぶやいた。

涙の溜《た》まった文哉の目に、白いものがちらついた。

それはちょうど手の届く位置でゆれている。

ビワの白い花だった。

「酒の肴《さかな》にするか？」

「食べられるの？」

「凪子、食ったことないか？」

「――ない」

「うまいぞ」

二人の会話が疎ましかった。

「おれはやめときます」

文哉はきっぱりとした口調になった。

「なんだよ、せっかく捕まえたのによ」

和海が苦笑いする。

「どうしたの？」

凪子の声が風に震えた。

和海の両手につかまれたハコフグは、さかんに胸ビレを動かしもがいている。まるで空中で泳ごうとでもするかのように。

「思い出してんだろ」

「え？」

文哉はとぼけようとしたが、無理だった。わかっていた。ハコフグの味覚は、必ずあの人のことを思い出させるはずだ。

「うまそうに呑《の》んでたよな、あのじいさん。ハコフグを肴によ」

なにも言えなかった。

空腹に耐えきれず、畑の野菜を盗もうとしたことを白状した文哉に、幸吉は言った。

「おれのつくった野菜で、ハラ減ったやつが助かるなら、そんなにうれしいことはねえ」

――食べたい。

もう一度、幸吉さんのつくった野菜が。

キュウリを、トマトを、ナスを、思う存分ほおばりたい。

でも、もう二度と口にすることはできない。

「――うんめい」

ハコフグを口にし、一杯やった幸吉の笑顔が浮かんだ。

「残念だった」

和海は言うと、ハコフグを浅瀬に放した。

「けどよ、しかたねえべ」

文哉の目から涙がこぼれ落ちた。右の瞳から、少し遅れて左の瞳から。とめどなく涙があふれ、乾いた頬を伝っていく。

「文哉、笑えよ。笑ってくれよ」

和海の目が潤んでいた。

「笑ってますよ」

文哉は口元をゆるめ、浅瀬に突っ立っていた。

「なにがあったんだ?」

和海がのぞきこむようにしてもう一度尋ねた。

「なにがって?」

「あの日の朝だよ」

「なにも……」

文哉は首を横に振る。

「幸吉さん、おまえになにか言ったんか？」

文哉は答えなかった。

「なんて言ったんだ？」

「それは……」

「おれにも言えんか？」

和海が一歩踏み出し、声を大きくした。

「いえ、そういうわけじゃなくて」

「ちっ」と和海は舌を鳴らした。

「葬式にも呼ばねえでよ」

「いいんですよ、もう」

「よくねえだろ」

和海が声を低く太くした。

凪子はからだを緊張させたまま黙っている。

「幸吉さんは、おまえともう一度ビワをやる気だったんだろ。――それなのによ」

和海の声が、潮風に飛ばされて消えた。

5

去年の十二月、幸吉の葬儀が無事に終わったと、元町内会長の中瀬《なかせ》から聞いた。

「息子も娘も忙しいらしくてよ、これから東京に帰るとさ」

喪服姿の中瀬の話では、葬儀は不便な自宅ではなく、館山の葬儀場で家族やごく親しい者たちだけで営まれたという。

遺体を火葬するあいだに精進落《しょうじんお》としをすませ、骨上《こつあ》げをしたらしい。

「なんかなあ」

中瀬がつぶやいた。

「幸吉さんが焼かれてるあいだによ、出された弁当のミディアムのステーキ食うのは、なんかなあ」

幸吉との最後の別れに立ち合えなかった文哉は、ぼう然と聞いていた。

文哉が幸吉の名を初めて知ったのは、故人の親戚である中瀬の口からだった。今日のように夕方ふらりと庭に現れた中瀬は、ザルに盛られた野菜を届けてくれた。

緑の濃い表面に小さなトゲトゲがついたとれたてのキュウリは、流しでさっと洗って味噌をつけてかじった。瑞々しさに思わず声を上げた。水分が多く、まるで飲み物のようだった。

艶やかな紫色のナスは薄切りにして多めの油で炒《いた》め、ぐるりと醤油をまわし、炊きたてのご飯の上に載せ、焼きナス丼を初めて試した。

どの野菜も新鮮で味が濃く、うまかった。

野菜をつくったのは、幸吉だった。

「敏幸《としゆき》のやつが言ってたよ」

中瀬が幸吉の長男の名を口にした。「あんたによろしくってな」

文哉は自然と頭が下がった。

「なんだそりゃ？」

居合わせた和海が奥から口を挟んだ。

「まあな」

中瀬は額に手をやるが、いつもかぶっている古ぼけた野球帽のツバはそこになく、ばつがわるそうに指で頭を掻《か》く。うっすらと頬に赤みが差しているのは、残ったアルコールのせいだろう。

「おれはいいよ、葬式に呼ばれなくても。けど、文哉に挨拶もせず帰るってのは、なんかちがうんじゃないですか？」

怒気を抑えた和海の声を背中で聞いた。

中瀬はなにも言えなかった。

「幸吉さんは、この界隈《かいわい》では親しい者なんていやしなかった。ああいうむずかしい性格だから、正直避けられてもいた。いや、はっきり言えば、嫌われてた。そんな幸吉さんと、いちばん話をしてたのは、こいつですよ」

「カズさん」

文哉が小さく声をかけた。

「ほんとのことだべ？」

「まあ、おれは親戚といっても、幸吉さんの家族とは血がつながってねえからな。うちの栄子《えいこ》の血筋だもんで、そこのところは、なんともよ」

中瀬が言いにくそうにしゃべった。

「聞いた話じゃ、彰男の親父《おやじ》は呼ばれたっていうじゃないですか」

「ああ、忠男《ただお》さんはイノシシにやられた傷がまだ治らんらしくて、杖《つえ》ついて顔を出してた。ビワ農家同士、昔からのつき合いもあるしな」

「仲はわるかった」

和海が短く返した。

「かもしれん」

「なにもわかってねえ」

「まあ、そう責めんでくれ」

中瀬の声が細くなる。

「で、どうする気なんだ？」

「なにを？」

「敏幸さんってのが、こっちに帰って来んのか？」

「さあ、どうだか」

「じゃあ、幸吉さんのビワ山や畑はどうすんだ。借りてる畑だって、文哉にはあんだぞ」

和海が足音を立て縁側に出てきた。

「そのことなんだがな、葬儀のあとで少し話した。芳雄さんの息子が、幸吉さんを病院へ運ぶ手はずをとってくれたことや、畑を一緒にやって、野菜を仕入れていた事情なんかもな」

「敏幸さんってのは、芳雄さん知ってんのか？」

「いや、知らんとは思うが、ほかのもんも聞いてたから、わかりやすく名前を出して説明した」

「それで？」

「四十九日が明けたら、今後の話をしたいと」

「今後の話って？」

「だから、幸吉さんの家や畑のことだべ」

「──そうか」

和海はうなずきながらも、不満の塊を吐き出すような重いため息をついた。

「そんなわけだからよ。すまなかったな」

「いえ、そんな」

文哉は背筋をのばし、深く頭を下げた。

「この度は、ご愁傷様でした」

6

年が明けた一月、その日は、幸吉が亡くなってからまだ七週間経っていなかったが、訪れた中瀬から、幸吉の家や畑に興味があるか尋ねられた。

もちろん、文哉は気になっていた。

ただ、山や畑だけを売ることはむずかしいと、遺産相続人である長男・安原《やすはら》敏幸から連絡があったそうだ。敏幸はこちらにもどってくる意思はなく、妹は早々に家や土地について長男に任せたらしい。

「なんかおれがよ、実家の処分を頼まれちまったかっこでよ」

中瀬は野球帽のツバを右手でごしごし動かし、頭を掻いた。

「敏幸さんというのは、どんな方なんですか？」

文哉は会ったことのない幸吉の息子に興味を覚えた。

「うーん、ほんというと、若いうちにここを離れてからは、つき合いねえのさ。農家の山や畑の話なんてわからんて栄子が言うもんで、お鉢がおれにまわってきた感じでよ。おれにも正直よくわからん。敏幸はまあ従弟《いとこ》って関係になるんだろうけど、結婚も遅くて子供もないらしい。東京のマンション暮らしさ」

「台風の直前に、幸吉さんが東京に会いに行った話は聞きました」

「だれから？」

「幸吉さん本人です」

「ああ、そうだったのか」

「そのとき、幸吉さん、息子さんに言われたそうです」

「なんて？」

「農家を継ぐ気はないと」

「そんな話も聞いてたんか」

中瀬が小さくため息をつく。

だが、文哉はそれ以上のことは口にしなかった。

幸吉は言っていた。一度でも、楽した者はもどってこない、そういうものだと。もう一度ビワをやると、跡取りである敏幸に言えなかったことも——。

「市蔵さん、葬儀に出てましたよね?」

「市蔵ってだれ?」

「葬儀の前日、うちに泊まりに来たもんですから」

「もしかして、顎鬚《あごひげ》生やした小柄なじいさん?」

「そうです。幸吉さんの古くからの知り合いの」

「ああ、幸吉さんの数少ない友人らしいって聞いたけど、あの人もなんか変わった人だったなあ」

中瀬の眉がハの字になる。

「昔はこっちに住んでたんですよね。猟師だって聞きましたけど」

「漁師?」

「いえ、山のほうの」

「はあ、どうりで。忍者みてえな寡黙な男でよ、精進落としの席になかなか来ないんで、おれが捜しにいったのよ。そしたら、火葬してる炉の前にひとりで立ってた。声かけて案内したんだが、精進落としの弁当には箸をつけなかったって、あとで栄子から聞いたわ」

「そうでしたか」

「まあ、たしかに精進落としってのは、もともとは四十九日のあとにやるもんなんだろうが、火葬の最中にやっちまうっていうのが今のやり方なんだからな」

中瀬は言ったあと、「でもよ、幸吉さんも、まあ年だったわけで、自分の畑で倒れたんなら大往生だって、敏幸が言ってたよ」

「大往生？」

思わず文哉はつぶやいた。

果たして幸吉は、天命を全うし安らかに死を迎えたと言えるのだろうか。

文哉はよみがえる記憶に蓋をかぶせるようにまぶたを閉じた。

「それはそうとよ、敏幸から頼まれた。幸吉さんの家を買う気がある人がいるなら、一度会わせてくれって」

「やっぱり、売る気なんですね」

文哉はゆっくり目を開けた。

文哉がなぜ市蔵の名前を出したかといえば、市蔵は数少ない幸吉の理解者だと知っていたからだ。だからこそ葬儀の前日の夜、突然現れたにもかかわらず、家に泊めた。

幸吉の葬儀の詳しい日取りについて、文哉は知らされていなかった。中瀬から葬儀は近親者だけで執り行うらしい、という話だけは事前に聞かされていたが。

所詮、自分は芳雄の息子であり、ここではよそ者なのだとあらためて自覚した。

幸吉が病院で亡くなったのは、ビワ山の畑で倒れた日の翌朝、引き潮の時間帯のことだった。

あの朝、文哉が偶然ビワ山の畑で発見し、広い道路まで軽トラックで幸吉を運んで、救急車の手配をした。動転していた文哉が、親戚だと聞いていた中瀬に電話したのは、病院に到着してからのことだ。

郷里からイノシシの燻製肉を携えて来た市蔵は、文哉が葬儀に呼ばれていないことを聞き、静かにうなずいた。文哉と同じく、市蔵も幸吉の突然の死に戸惑っている様子だった。

「――こんなに早く逝くとはな」

市蔵はつぶやいた。

「わかんねえもんだな、人の命なんてよ。のう?」

文哉はため息で応えるしかなかった。

幸吉の最期について市蔵から尋ねられたが、気持ちの整理がつかず、文哉は多くを語らなかった。

というより、語れなかった。

その夜、市蔵は持参した寝袋に入ると午後十時には寝息を立てていた。

文哉は朝方まで眠れなかった。

翌日、葬儀に出かけた市蔵は、文哉の家に立ち寄らず、その足で群馬の山奥へ帰っていった。市蔵も同じように独りでいたかったのかもしれない。

「まあ、長男が帰ってこねえとなれば、しかたねえべさ」

中瀬がため息をつく。

「幸吉さんからは、なにか聞いていたんですかね？」

「遺言とかのことか？　なにも書き遺《のこ》してなかったし、聞いてねえらしい」

中瀬は首を横に振った。

「そうですか」

「けどもよ、あそこはビワ山を背負った古い家だしなあ、あんたには芳雄さんの遺した家があるもんな。山や畑は安く譲ってくれたとしても、家はなあ、地目が宅地ならそれなりの値段になるんじゃねえか」

「ほかに買い手はいないんですか？」

「どうだかな」

中瀬は腕を組んだ。「あそこはよ、救急車も入れねえ、狭い農道の先にあるからな。

電気と水道、プロパンのガスは使えるだろうが、トイレはいまだに汲《く》み取り式のボットン便所だしな」

「一度泊まったことがあるので知ってます」

それに文哉の家にしても、簡易水洗式ではあるもののいまだに汲み取り式だった。

「ああ、そうかい。おれなんて一度もねえな」

中瀬は苦笑した。

文哉は、台風の二日後に泊まった夜のことを思い出した。

古くから続く農家らしく、家は大きく、間取りがゆったりしていて、部屋がいくつもあった。見上げると、歴史を感じさせる太い梁《はり》が通っていた。

泊めてもらった一部屋だけの二階の間の窓からは、遠く海が見えた。

庭には古びた土蔵、五右衛門《ごえもん》風呂のある離れ、井戸があった。

たしかに日常生活を送る上では、不便でもあったのだろう。だからこそ、年老いた幸吉は海辺に家を借りて住んでいた。しかし、台風によって海辺の町のインフラが大きなダメージを負った直後でも、ビワ山の家は水が使えたし、炊事もできたし、風呂にさえ入れた。

とはいえ、文哉が訪ねた際、蔵の前には野ウサギらしき骨、泊まる部屋にはヘビの抜け殻が落ちていた。幸吉から行かないように言われた奥の間は、床がひどく傷んでいた。

「一度よ、トイレを水洗にしたらどうかって栄子が言ったら、怒鳴られたらしいわ。なんでもよ、昔は屎尿《しにょう》を肥やしとして大切に扱ってたらしい」

中瀬は呆《あき》れ顔で笑った。

7

二月下旬、文哉はビワ山にある幸吉の家へ軽トラックで向かった。和海が同行してくれた。去年の十二月、幸吉が倒れた日以来のことだ。中瀬の話では、この日、東京から幸吉の息子・敏幸が来ることになっていた。

だれも住まなくなった農家の軒先に、心細げな表情で中瀬が待っていた。

中瀬の軽自動車の横に軽トラを停《と》め、運転席から降りたところで理由がわかった。地面の至る所が掘り起こされていた。イノシシの仕業にちがいない。人が来なくなったせいもあるだろう。以前、幸吉が〝デイガクデ〟と呼んでいた、彰男の父を襲った大物イノシシはいまだ捕まっていない。

敏幸が処分することに決めたという、長年幸吉が暮らしていた家をまずは見せてもらった。いわばその内覧の最中に、中瀬の携帯電話に着信があった。相手は県道近くの駐車場に到着したという敏幸で、中瀬が軽自動車で迎えに行った。

敏幸は東京から車で来ていたが、この家に続く狭い道に入って来られなかったのだろう。車を購入する際に、こちらで使うことを想定していなかった、とも考えられた。

「いくらで売るつもりなんだべな」

二人になって、和海が何気ない感じでつぶやいた。

「さあ、そういう話はまったく聞いてません」

文哉には、幸吉の不幸がまだ昨日のことのように思え、妙に落ち着かなかった。

「こっちの出方を見る気なんかな」

和海が崩れかけた離れの軒先を見つめた。

あらためて昼間に訪れてみると、台風後の印象よりも家屋の傷みが目についた。あれから、なにも手をつけなかったせいかもしれない。住人を失《なく》した家は、急に年老いてしまったようにさえ映った。

台風直後にもかかわらず、文哉が使わせてもらった五右衛門風呂のある離れは、とくに屋根の状態がわるく、地面にいくつも瓦が落ちていた。

「ふつうならよ、離れどころか、建物を全部解体して更地にもどすって物件かもな。そもそもこんなデカい家、今時必要ないだろ。直すとなりゃあ、大事《おおごと》だぜ」

「それはたしかに」

「たぶん、売れたとしたら、買い主に壊されちまうだろうな」

「ですかね」

だとすれば、さびしい。

「それとも文哉は、この家、本気で買う気あんのか？」

「それはなんとも言えません」

文哉は言葉を濁した。浪費せず、金は貯《た》まっていたが、それほど多くはない。

「だよな。買うとしたって、まず住宅ローンとか使えねえだろ」

和海は庭に転がった植木鉢を脇に寄せながら現実的な話をした。

「とはいえよ、よく見ておけよ」

「そうですね」

文哉はうなずいた。

古い農家をじっくり見させてもらえる機会などあまりない。

台風の被災後、自分の家の修繕を後回しにしていた文哉だったが、その後、自分の手で家を直しはじめた。和海にも手伝ってもらったが、その際思い知ったのが、父から相続した海が見える家について、あまりにも自分が知らなかったことだ。

和海からは叱られた。

「おまえ、芳雄さんの家のことどれだけ知ってる？　この家の天井裏に入ったことあるか？　床下はどうだ？　基礎はどうなってる？　雨樋《あまどい》の水はどこを通ってどこに流れてる？」

矢継ぎ早に問われた。

文哉は答えられなかった。

「ここは親から相続して、今はおまえの家だろ？　自分の家を知らなくていいのか？」

文哉はうなだれるしかなかった。

知らなかった。というより、知ろうとしていなかった。

まがりなりにも、自分が家主だというのに。

家という価値ある財産を所有し使っていながら、その構造をよく知らない。だから自分では直せない。

——それでよく他人の別荘の管理ができたもんだ。

そう言われてもしかたない。

いつのまにか人は、自分の領域を自分で決めてしまう。そのほうがやるべきことが明確になり、集中できるし効率も上がるというのが表向きの理由だ。

社会や職場でも分業が進み、ひとつの歯車となって働かされる。しかし暮らしのなかにまで、そのやり方を都合よく持ち込んで生きるようになっていないか？　そのために、歯車となって稼いだ金を使うとしたら、人としての成長の機会を失うだけのような気がする。

かつては、会社の歯車にはなりたくない、という若者の声があった。

今では、歯車でいいじゃないか、という声のほうが大きい気がする。

そもそも歯車とは、機械の部品のことなのに。

自然の一部であるはずの人が歯車になろうとすれば、そこには大きな矛盾が生じるはずだ。

和海に叱られた文哉は、自宅だけでなく、別荘の水浸しになった天井裏や、カビの生えた畳や床板を剝がし、床下にも潜った。

「こんなところに入口があったんだ」

文哉のつぶやきに、和海は呆れた様子だった。

天井裏に入り、雨水を吸った断熱材の処分をする際は、見たくないものも目にした。敷かれた断熱材がめくれ、侵入者によって食い千切られていた。小動物がなにかのきっかけで死に、虫が寄生し、宿主の姿は跡形もなく消えているものの、おびただしい数の虫のさなぎだけが残っていた。

おそらくふつうと呼ばれる人なら業者に任せるのだろう。自分が生活しているすぐ上に、ある日、ぽつんとシミができたとしても、そこでなにが起きているかなど想像もせず暮らし続ける。

床下に潜れば、その家を建てた職人の人柄さえわかる、と和海は言った。ある別荘の床下には、まるでシロアリに餌を撒《ま》くように、建材の切れ端が落ちていた。束石《つかいし》の横には、見たことのない古めかしいデザインのコーヒーの空き缶が立っていたこともある。

人が入ることを前提としていないためか、天井裏の配線には工夫がなく、まるで忍者の侵入を妨げるかのように、進むのが困難な家が多かった。筋交《すじか》いに使われた板のクギの打ち方さえ、ぞんざいだ。

この国の家屋建築では、見える所はきれいに仕上げるが、人が容易に入れないところ、天井裏や床下がどれだけおろそかに扱われているかを思い知った。いわばそこを聖域にして、商売にする者もいるのだろう。屋根にしてもそうだ。

それも含めて自分の家なのだ。

自分の家を知ろうともしない家主の。

台風後、被災した屋根に関する詐欺まがいの修繕が横行した。それはなにも被災地だけに起きている話ではない。自分の家を知らない、知ろうともしないことにより、被害に遭うケースもあるような気がした。もちろん、騙《だま》す人間がわるいわけだが、文哉は少なくとも自分の暮らしのなかでは、歯車になるのだけはやめようと誓った。

自分の家を含めて、被災した別荘の修繕を和海の助手として手伝う際、さまざまなことを学んだ。まるで大工のように和海は道具を巧みに使いこなした。どこで習ったのか尋ねると、親父から教えてもらったこともあるが、ほとんどが独学で、今は便利な道具が安く手に入る、自己流なところもあるしな、と和海は笑ってみせた。

——自分で学ぶ。

和海のその姿勢が文哉にはまぶしかった。

それは、自然栽培による野菜づくりの師匠だった、幸吉にも言えたことだ。

最高学府にまで進んでおきながら自分が恥ずかしかった。

思い出すだけで、胸が疼《うず》いた。

「——まずは外まわりだな」

和海の声で我に返った。

「この家の排水設備はどうなってんだ？」

和海が口にし、家の前の道路に向かった。

「ここは、そもそも下水道がねえだろ」

「てことは？」

「それがよ、ドブも見当たらねえのさ」

道路の両側を和海が確認した。

「側溝がないということですか？」

「ああ、マンホールもドブも見当たらねえ。やっぱり、昔の家なんだよな」

和海は首の後ろを揉《も》むと続けた。「日本は先進国だってえらそうに言うけどよ、いまだこのあたりは公共の下水道すら整備されてねえんだからな。浄化槽の備わってない家も多い」

「じゃあ、洗い物の水や風呂の水はどうやって？」

「よくわからん」

和海は枯れ草を踏みつけ、家の裏に向かった。

ビワ山へ続く家の裏手の日陰は、やけにぬかるんでいた。このところ雨が降った記憶はない。

「ああ、そういうわけか」

和海は斜面を眺めたあと、母屋の風呂場、台所、トイレの外壁に沿って進んだ。そして、ある場所で立ち止まった。文哉の記憶では壁の向こうに洗面所がある位置だった。

「なにかわかりましたか？」

「見てみろ」

和海が木枠の小窓の下、そこだけ十センチほど張り出した外壁の裏を指さした。

文哉がのぞき込むと、塩ビのパイプの穴が見えた。

「あれ？　この管って、どこにもつながれてないですよね」

玄関にまわった文哉は、トイレの奥の光が差し込んでいる突き当たりに向かった。やはり洗面所がある。今ではめずらしいすり減った固形石けんがタイルに張りついている。

「洗面台の配管ですね」

窓を開けて和海に言った。

「だとすりゃあ、蛇口をひねると、出た水がここから垂れ流されるわけだ。台所も似たような構造かもな」

「てことは、使った水は？」

「そのまま地面に流してたんじゃねえか。自然浸透ってわけだ」

「そんなやり方もあるんですか？」

「まあ、自分の敷地だとはいえ、問題はあるよな。洗剤を使えば、それもそのまま流れちまう。このあたりがやけに湿ってるのは、山からの水の通り道のせいだろうが、雨水だけじゃなく、もしかしたら家からの排水のせいもあったんじゃないか。しょっちゅう湿っていれば、木造の家の基礎なんかにも当然影響を与える」

「じゃあ、水洗トイレにするとかは？」

「まず無理だろ。浄化槽をつくったとして、その処理水をどこに流す？　下水道はもちろん、川や海に流すための側溝すらないんだぜ」

「——たしかに」

文哉にはにわかに信じられなかった。

ボットン便所に驚いている場合じゃない。

田舎暮らしに憧れる人は多いが、これが田舎の古民家の現実でもあるわけだ。

「まあ、こんな状況なら、安く譲ってもらえるんじゃないか」

和海は苦笑いを浮かべた。

ともかく、和海が同行してくれたおかげで、この家の大きな問題点に気づくことができた。

「おっと、ご到着のようだぜ」

和海はつぶやくと歩き出した。

庭に車が入ってくる音がした。

敏幸を乗せた、中瀬がもどってきたようだ。

8

車から降り、簡単に挨拶をすませた敏幸は、見たところ四十代後半、コートの下はスーツ姿で、身長が百七十一センチの文哉より背が高かった。小柄だった幸吉とは、体格も顔立ちもあまり似ていない。

「もう少し家のなかを拝見させてください」

文哉が頼むと、「どうぞどうぞ」と敏幸は愛想よく答え、玄関にも入らず、中瀬と立ち話をしていた。

かつての居間と思われる座敷の長押《なげし》には、白黒の先祖の写真が飾られている。黒光りする立派な仏壇、榊《さかき》の枯れた神棚、色褪《あ》せた御札、天井を通る飴色《あめいろ》の太い梁。どれもこの家の歴史を静かに物語っていた。

襖《ふすま》の開きのわるい部屋で、「傾いてんな」と和海がつぶやいた。

「そう言われてみると」

文哉は軋《きし》む床を踏んだ。

和海がポケットから取り出したビー玉を板の間の床に置くと、たちまち転がり出した。

「――たしかに」

文哉はつぶやいた。

初めて見る母屋の浴室は、天井から古い蜘蛛《くも》の巣が垂れ下がっている。床は水色のタイル張りで、壁にはガス給湯器のスイッチパネルがあった。

「裏のガスメーターのとこには、プロパンガスのボンベがなかったべ、ガスを頼めば使えんのかな？」

「どうですかね」

文哉は古めかしいダイヤル式のスイッチに向かって首をかしげた。

そういえば泊まった晩、燃料には炭と薪《まき》を使っていた。湯に浸《つ》かったのは、離れにある五右衛門風呂だった。基本的には、この家は使われていなかったように思えた。柱は太くしっかりしていそうだが、経年劣化も目につく。台所の給湯設備にしても、そのまま使えるのか怪しい。

どの部屋も泊まったときと変わらず、家財がそのまま残っている。物が多く整理整頓されているとは言いがたい。幸吉はたまに訪れていたようだが、大きな家だけに掃除するにしても持て余していただろう。

奥の間の畳にはカビが生えていた。

天井には雨漏りの跡がある。

「まあ、外の土蔵もそうだろうが、これだけ残置物があるとな。片付けるだけでも骨が折れる。もちろん、売主の責任でやってもらう手もあるが、使えるものもあるだろうし、むずかしいとこだな」

「そうですね」

文哉は答えたが、それらを忌み嫌うことができなかった。

幸吉が長年暮らしていた場所なのだ。

土間には昨日使ったように土の着いた軍手が落ちている。

見覚えのある作業服がハンガーに掛かっている。

幸吉の生きた痕跡が至る所に残っていた。

泊めてもらった、一部屋だけの二階にも足を運んだ。できれば文哉が間借りさせてもらおうと思っていた部屋だ。

あの日と同じように窓から遠くに海が見えた。

この家も海が見える家なのだ。

「どうだ？　ざっくりとは見れたか？」

「ええ、今日はこのへんでいいと思います」

「そうだな、本気で検討するとなりゃあ、もっとしっかり見ればいいさ」

和海は言うと玄関へ向かった。

家の外に出る前、幸吉と一緒に食事をしたダイニングにあたる部屋の柱に、小さな紙が貼ってあるのを見つけた。鉛筆の走り書きのようだが幸吉の字だった。なにかを書き写したメモのようでもあった。

読んだあと、文哉は留めてあったテープを剝がしポケットにしまった。

「なんだべ、それは？」

中瀬が後ろから声をかけてきた。

玄関脇の壁に向かって文哉は立っていた。

文哉が見つめていたのは、板壁のフックに掛けられたビワの枝だった。長さがちがう枝が二本。それぞれがよく似たかっこうをしている。先が鉤状《かぎじょう》になっているのだ。

「幸吉さんがビワの枝を引き寄せるために使ってた道具ですよ」

文哉が答えた。

「道具？　ただの枝じゃねえのか？」

「──ああ、これね」

黒の革靴で歩み寄った敏幸が笑いを含んだ声で言った。「まだこんなもんとってあったのか、親父のやつ」

その声には憐《あわ》れみより侮蔑が色濃くにじんでいた。

文哉はあの日の光景をふと思い出し、目を閉じた。倒れていた幸吉が握っていたのは、これと似たものだった。

「山も見てみますか？」

敏幸に問われたが、「いえ、よく知っているので」と断った。

——嘘だった。

本当は、幸吉が倒れていたビワ畑のなかへ、足を踏み入れたくなかったのだ。

去年の台風のあと、この家で幸吉のつくった夕飯をいただいた。おかずには、ここで採れたものが並んだ。

「山菜はよ、春だけじゃねえ」

そう言って幸吉が見せてくれたミズと呼ばれる山の幸は、語感の通り瑞々しく、おいしかった。そのとき、自分には知らない食材、自然の恵みがまだまだあるのだと強く意識した。

来年の春こそは、山で山菜採りをしようと決めたのだが——。

「じゃあ、ここで立ち話もなんですから」

敏幸の声で我に返る。

このあと、彰男の父に会う約束をしているという敏幸が、駅前通りにある喫茶店に四人で行こうと提案した。ここには長く留《とど》まりたくないかのようでもあった。

敏幸は背中をまるめ、手に白い息を吹きかけながら、中瀬より先にさっさと車へ向かって歩きだした。その背中のまるめ方が、初めて、どこか幸吉に似ていると感じた。

9

駅前通りの喫茶店であらためてお互い自己紹介をした。

敏幸が営業部長の肩書き付きの名刺を差し出したので、文哉は最近使うことの減った自分の名刺と交換した。

「お若いのに会社をやられてるんですってね？」

「まだはじめたばかりです」

「別荘や空き家の管理をなさっているそうですが、それとは別に、こっちで農業でもやるつもりですか？」

「今は、いろいろ考えている最中でして」

「そうですか」

敏幸は鷹揚《おうよう》にうなずくと、腕時計をちらりと見た。

文哉たちに実家を見た感想は尋ねずに、敏幸が話し出した。

「じつは、ここへ来る前に妹と相談したんですが、先祖が守ってきた土地ですから、あまり急いで処分することもないのかと」

敏幸の隣に座った中瀬はすでに立ち話で聞いていたのか、どこか不服そうな声で、

「じゃあ、どうすんだ？」と尋ねた。

「妹が言うには、家は古いしそのまま使う人もいないだろうけど、裏の山は利用価値があるんじゃないかって」

「山って、ビワ山のことだわな？」

中瀬が確認した。

「そうです。なんでも今は山林ブームだとかで、山を買いたがっている人が増えてるそうなんです」

文哉にとって初めて聞く話だった。

「山を買ってどうすんですか？」

文哉の隣で和海が口を開いた。

「なんでも、プライベートなキャンプ場にしたり、それに留まらず本格的なキャンプ場開設を目指す人もいるそうです。ここは都心から近いですから、〝サバゲー〟用のフィールドにも使えそうだし」

「サバゲー？　なんじゃそりゃ？」

中瀬が訝《いぶか》しげに尋ねた。「サバをルアーで釣るのか？」

「あ、サバイバルゲームの略ですよ。大人のやる戦争ごっこ」

笑いをこらえるようにして敏幸が答えた。「だけどまあ、私としては太陽光がいいんじゃないかと考えてましてね」

「太陽光だ？」

「電力会社に山の南斜面を貸すんです。あそこなら日当たりもいいですし、太陽光発電システムの設置費用などはむこう持ちなので、いちばん無難かと。今は、太陽光発電向けに、日当たりのいい山や畑が企業に狙われているらしいです」

中瀬も和海もあぜんとしていた。

もちろん、文哉も。

「ビワの木はどうするつもり？」

年下であるはずの和海がタメ口をきいた。

「忠男さんの話では、木も老いてるし、剪定《せんてい》もせず台風にやられて、もう無理だろうって。そもそも、親父がやめてしまったわけだから」

「んだら、切り倒すんか？」

中瀬が乱暴な言葉遣いになる。

「まあ、場合によっては。業者がやることですけど」

文哉はそのとき、たしかな痛みを覚えた。心のなかの畑の木が、切り倒される悲鳴を聞いた。

「じゃあ、畑は？」

「ええ、そのことで忠男さんにこれから相談しようかと」

「忠男さんだって、もう年だべー」

中瀬が口を挟んだ。

「いやあ、あそこは農家だし、息子さんがいるじゃないですか」

「彰男のことか?」

「東京から帰ってきたんでしょ?」

「――まあ、そうらしいが」

中瀬は言うと、和海と顔を見合わせた。

「あいつが畑をやるっていうの?」

和海の声が大きくなった。「そんな話、聞いてねえよな?」

文哉は黙っていた。

最近、彰男には会っていない。会おうともしなかった。

ここで暮らして三年目になる文哉には、芳雄の息子であることで、多くの人が親切にしてくれた。しかしそれは父と同世代、あるいは上の年代になる。文哉は若い同世代とも交流したが、その数はそもそも少なく、むしろ彼らのほうが態度が冷たいように映った。最初はなぜそう感じるのかわからなかったが、若い同世代はこれから先食っていかねばならず、よそから来た文哉を競争相手と思ってのことかもしれない。

「いやあ、いいんですよ。なにもつくらなくても」

敏幸は笑いながら顔の前で右手を振った。

「どういうことだ？」

「山や畑の固定資産税なんてたいした額じゃありません。あの家も壊さずそのままにしておきます。もちろん、いい話があれば検討しますが、話がまとまるまで、忠男さんとこで借りてもらえれば」

「だったら、文哉に貸せばいいだろ？」

言ったのは和海ではなく、中瀬だった。

「農地だかんねえ。農家にしか貸せねえべ。芳雄さんの息子さんだからってみんな言うけど、わるいが知らんもんでさ、私は。だからなんていうか、特別扱いもできねえっていうかな」

敏幸が初めて田舎のイントネーションで話した。

「そうですよね」

文哉は小さくうなずいた。自分自身、芳雄の息子として特別扱いされるのは好きじゃない。

「なんかよ、話がちがうんじゃねえか」

和海が抑揚のない声を出した。

「いや、おれもそう思ってる」

中瀬が応じた。

「すいません。その点は、私にも責任があります。手っ取り早く処分したかったんですが、どうも、いろいろと話を聞いてると、そうもいかなくて」

「田舎に住むつもりもねえ人間が意見して、田舎のことを決めていくんだな」

和海がだれにともなく言った。

敏幸は苦笑いを浮かべ、冷めたコーヒーを口にした。

「うちの親父、嫌われ者だったでしょ？」

「幸吉さんが？」

「いいんですよ、わかってますから。嫌われて当然なんです」

敏幸が鬱陶しげに首を縮めた。「正直、私も好きじゃなかった」

「なんてこと言うんだ」

中瀬がたしなめた。

「無理しないでください。あなたたちも嫌々つき合ってくれてたんでしょ」

文哉は黙っていた。もちろん、そんなふうには思っていなかった。叱られたり、口うるさく言われたりすることはあったが、あとになれば、理由は自《おの》ずと理解できたし、自分のためになっていた。

「話は聞いてます。文哉さんが親父と一緒に畑をやってたって。でもね、お袋が亡くなって、ビワは親父の代で終わりにしたんです。決めたのは親父なんです」

「じゃあ、どうすんだ？」

「とりあえず、農地は、農家にしか譲れないし貸せません。売る場合は、家と一緒に一括でお願いしようと思います。それでも、興味ありますか？」

敏幸は遠回しな言い方をした。

「興味があるから、今日見せてもらいました」

文哉が口を開いた。

「では、買います？」

「いくらでなら売るつもり？」

和海が尋ねた。

「すべて込みで、そうですね、二千万ってとこですかね」

思わずといった感じで中瀬がのけぞった。

「山も畑も休耕地なわけでしょ？」

和海がたしかめるように言った。「売れると思う？」

「まあ、それはどうですかねえ」

敏幸は笑ってみせた。

文哉にはよくわからなかった。なぜその値段になるのか。はっきりしているのは、そんな大金は自分には払えない、ということだ。

「いろいろと土地の有効活用についてお勉強してるようだけどよ、あんたはあの土地に愛着ないのかい？　どんな人間に家や土地を引き継いでもらうか考えるわけじゃなく、なんだかんだ言ってるけど、高く売れればあとのことはどうでもいいんか？　あんたの故郷だろ？」

和海は穏やかな口調で言った。

「もうそんな時代じゃないって言われましたよ」

「だれに？」

「──妹に」

「さっきからあんたが口にするのは、ここにいない人間の話だよな？　今現在の幸吉さんの家や畑のことがわかってるのか？」

和海の低い声に怒りがにじんだ。「だれにでも売るって話かい？」

「こだわりとかは、今さらないですよ」

「そんだら、たまんねえな、こっちに住んでる人間は。あたりまえの話だけどよ、いい人に来てもらいてえもんなあ」

中瀬がため息をついた。

「ひとつ聞いていいかな?」

和海が顎をさすった。

「なんでしょう?」

「あんた、去年の台風のとき、どこにいた?」

「東京ですけど」

「ここへは?」

「帰ってきたのは――」

敏幸は一拍置いて答えた。「親父が亡くなったときです」

「――なるほどね」

和海が腕を組んだ。

「なにがですか?」

「だからあんたは平気なツラで言えるんだ。文哉に対しても。幸吉さんがここでどんなふうに暮らし、文哉とどんなつき合いだったかも知らずに」

「――カズさん」

文哉がつぶやくように声をかけた。

「あなたのことは存じてますよ」

敏幸は強がるように胸をそらした。

「おれを？　おれのなにを知ってんだ？」

「――いえ、べつに」

「どうせしょうもねえ、昔の話だろ」

和海が小さく笑った。

敏幸は薄笑いを浮かべた。

「私はね、台風の前に親父と会ってるんです。そのとき、言われたんです。おれが死んだら、おまえらの好きなようにすればいいと。それまでは、好きにさせてもらうから、ってね」

「幸吉さんがそう言ったんだな？」

中瀬が念を押すように尋ねた。

「そうです」

「幸吉さんは亡くなった。で、好きにするってわけか」

「カズさん、もういいんです」

文哉は思わず口を挟んだ。

それでも和海は続けた。

「ここに来もしない者、暮らしもしない者が、田舎の未来を決めていくんだな。山に木を生やさないで、太陽光とやらのパネルをたくさん並べるがいいさ」

和海は静かに席を立った。

どうやら怒りは頂点に達していたようだ。それこそ敏幸の記憶にあるらしい昔の和海なら、どうなっていたことやら。

店の主人は様子をうかがっていたが、奥に引っ込んだままだった。他に客のいない店のテーブルに沈黙が降りてきた。

中瀬にしても腹を立てていたようだ。

文哉はなぜか冷めていた。

敏幸がさっき実家を訪れた際、なぜ家に入らなかったのか、文哉にはわかった気がした。農家を継がないと決めた長男は、長押に並んだ先祖の写真に顔向けできなかったのだろう。

と同時に、自分に問いかけた。

跡取りである敏幸とは他人である自分が、あの家や山や畑の歴史を引き継ぎ、あるいは背負い、農家を続ける覚悟があると言えるだろうか？　あの裏山には、先祖らの眠る墓だってある。

「幸吉さんの家は、空き家にするなら、それこそ文哉に管理を頼んだらどうだ？」

中瀬が話題を変えたが、管理してもらうほどの家ではない、と敏幸は辞退した。

「貧しかったですからね。じつを言えば、ほっとしてるんです。親父が死んで、借金が残ってなかったことに」

腕時計を再び見た敏幸は最後に言うと、和海に続いて、忠男に会うために席を立った。四人分のコーヒー代は敏幸が引き受け、レジでしっかり領収書を切ってもらっていた。

「すまなかったな、いやな思いさせちまって」

中瀬が緊張をゆるませ、だらしなく椅子にもたれた。

「――いえ」

「二千万とはなあ」

中瀬が顔をしかめ、続ける。「田舎の土地っていうのはよ、売り主が買ってくれって頼みに来るときは安いが、買いたいとこっちから話を持ち出すとたちまち値がつりあがる。いつもそうだ」

なるほど、と文哉は思った。

「代が替われば赤の他人よ」

中瀬がぽつりと言った。「昔、幸吉さんが言ってたわ」

――どんなに親しくしていても、その人が亡くなれば、その家との関係も変わってしまう。

まさに、幸吉と敏幸と自分との関係のようでもあった。

とはいえ、結局、家族のこと、親子のことなど、当事者にしかわからない気がする。

そういえば、海が見える部屋に泊めてもらった翌朝、ビワ山を下りる文哉を見送る幸吉が言っていた。

――いいか、里へ下りたら、よく見ておけ。こういうときに、だれが頼りになって、だれがならんのか。

その言葉は、幸吉の亡きあとにも心に響いていた。

それでも文哉は、幸吉にあまり似ていない長男の敏幸を恨むことはできなかった。

自分も同じだった。

父親を亡くしたときのことを思い出した。だれにも知らせず、火葬だけですませ、芳雄が遺した一度も訪れたことのない海辺の家へ姉と二人で向かった。姉の宏美と最初にしたのは、貯金通帳を探し出すことだった。家はさっさと売るつもりだった。

「これからどうする?」

中瀬が野球帽をかぶった。

「――おれ」

文哉は乾いた唇を舐《な》めると答えた。「まだ、あきらめたわけじゃないですから」

家に帰った文哉は、ポケットに忍ばせた紙切れをそっと取り出した。

幸吉のへたくそな文字が躍っていた。

わたしのまちがいだった
わたしの　まちがいだった
こうして　草にすわれば　それがわかる

文哉は何度も読み返して泣いた。

その言葉は、若くしてこの世を去った詩人、八木《やぎ》重吉《じゅうきち》の「草に　すわる」という詩だった。なにかの折りに幸吉はこの詩にふれ、身近にある紙に書き写したようだ。柱に貼ったのは、強い共感を覚えたからだろう。だとすれば幸吉にとっての「まちがい」とは、なんだったのか。

幸吉には後悔があった気がした。

10

その後、幸吉の家や土地のことは、文哉のあずかり知らぬ話となった。自分から聞こうともしなかった。

　じわじわとコロナの感染が拡がるなかであったが、文哉は農地をなんとか取得できないものかと、時間を見つけてはマスクを着用し、奔走した。

　農家になるためには、特別な資格などいらない。

　しかし農地は、農家でない限り、借りることも買うことも容易ではない。そこかしこに耕作放棄地は見かけるというのに。

　個人が農業に参入する場合は、周辺の農地利用に支障をもたらすことなく、しっかりとした営農計画を持ち、原則として年間百五十日以上、農作業に従事しなくてはならない。また、農地取得後の農地面積の合計が、原則50a《アール》以上であることが必要になる。50aとは、５０００㎡のことだから、とてつもなく広く感じる。

　農地のすべてを効率的に利用することなどそれらの要件をすべて満たした場合に限り、農業委員会により農地の取得が許可される。ただし農地面積については、地域の実情に応じて、農業委員会が引き下げることが可能となっているらしい。

　文哉は農地付きの物件を扱う南房総の不動産会社を探し当て、実際にそういった物件を見せてもらった。農地には使用目的の制限があるため、本来安価であるはずの土地だが、宅地と一緒に売られることで、文哉にはなかなか手が出ない値段だった。いわば幸吉の家のケースと似ていた。

ある物件はやはり農地と宅地がセットになっているのだが、農地と宅地が離れていて、車で十分ほどかかる。農業という仕事から考えれば、やはり家と畑は地続きなのが理想だろう。農家になってまで通勤があるなんて妙な話でもある。

その物件は、サラリーマンが定年退職を機に、夢だった農業をはじめるために五年ほど前に購入したそうだ。しかし妻は田舎暮らしを望まず、買い主である夫がひとり転居し、車で十分かけて畑に通っていたものの、夢半ばで挫折、売りに出すことにしたらしい。

南向きの丘陵には、まだ背の低い柑橘《かんきつ》系らしき果樹の苗が頼りなげに何本も植えられていた。野ざらしになっている青い耕運機を指さし、不動産会社の社員が、「あれも付けるそうです」と案内してくれた。畑は里山近くだが、宅地が駅に近いため、値段が高くなるらしい。畑だけでは売らないそうだ。

不動産会社の社員によれば、コロナの感染拡大が進むなか、物件の問い合わせが増え、不動産市場はここ南房総では活況だという。すぐに売れてしまうため、物件の在庫が減り、文哉が別荘や空き家の管理の仕事をしていることを知ると、もし売りたい客が出たらこちらにまわしてほしいとまで言われた。コロナが猛威を振るう都会から、地方への移住が進んでいるのだろうか。

文哉は、予算を含めた自分の希望する物件の条件を、案内してくれた担当者に伝えた。

が、その後、連絡はない。

農地の取得がうまくいかない文哉に、まずは農業を学ぶ学校に入るようアドバイスする者もいた。あるいは、農家で働くことを勧められた。そんな大げさに考えず、市民農園で畑を借りて家庭菜園を趣味でやればいいじゃないかと言う人もいた。農業なんて儲《もう》からないと、はなから否定されもした。

それでも文哉には、試してみたいことがあった。

去年の台風の翌日刈りとった陸稲を干した日の夜に、幸吉と交わした会話がヒントになっていた。ひらめいた、と言ってもいい。

だからこそ、あの日の朝、幸吉に会いに行ったのだ。

一緒にビワを、農業をやりたいと伝えるために。

その試みは、利益の追求の農業とは言えないかもしれない。でも、兼業として暮らす農業、いや、なるべく自分の手で食べるものを賄う暮らしを実現できそうな気がしたのだ。そのための知識を得られるように本を読んでもいた。

しかし、ふさわしい土地は見つからなかった。

コロナの感染の勢いが増すなか、文哉は遂《つい》に動くことをやめてしまった。食欲も減り、食生活が乱れ、やる気を失っていった。

――それが、今に至る経緯だ。

11

――そして、今日。

逢瀬崎での素潜りからの帰り道、凪子に言われた。

「こないだ頼んだもの、どう？」

凪子が文哉に頼んだものとは、植物のツルだった。山に入ったら、ツルを採ってきてほしいと言われたのだ。

しかし、すぐそこにあるビワ山へは足を運んでいなかった。

「なんでツルなんかいるの？」

文哉が尋ね返すと、凪子は黙ってしまう。

そんなつもりはないのかもしれないが、なにか試されているような気持ちにさえなった。

――もう山へ行かないのかと。

大人びてきて戸惑う場面はあるものの、文哉にとって凪子は、妹のような存在でしかない。父の芳雄が、なにかと凪子を世話していたと聞いてもいた。そのせいか、凪子は文哉に特別な目を向け、頼りにしている様子でもある。和海は叔父であり、年の近い文哉のほうが、彼女にとって話しやすい存在であるのかもしれない。それでも凪子はあいかわらず口数が少ないし、自分の殻にとじこもっている時間も少なくない。そういう態度に、ときには勝手なやつだと嫌気が差すこともある。

和海や凪子が、最近の自分を心配してくれていることは、よくわかっている。だからこそ、和海は文哉を問い詰めたりしたのだ。

しっかりしろよ、と励ましてくれているのだ。

でも、文哉は答えを見いだせないでいた。

――これから自分はどうするべきなのか。

あらためて文哉は悩んだ。

夕方過ぎにスーパーで買い物をし、壁に貼ってある求人のポスターを見た際、いっそ別荘の管理の仕事をやめ、どこかに勤めようかと思ったこともある。そのほうが、楽になれるような気もした。でもそうするなら、地元で少ない働き口を探すより、都会へ出るほうが賢明ではないだろうか――。

海に潜ったあとは、いつもなら和海たちと夕飯を共にする。けれどハコフグを逃がしてしまったこともあり、和海には誘われなかった。文哉の問いかけに黙ってしまった匠子とも、海岸道路沿いに佇む修繕半ばの平屋の前で別れた。

髪を濡《ぬ》らしたまま、重い足取りでひとり坂道を登る。

通りにはいつものように人の気配はない。

赤いカンナがだれに愛《め》でられることもなく咲いている。

管理を任されている別荘に目を配りながら、ようやく丘の上の海が見える家にたどり着いた。

収穫はなにもなかった。

これからまたありきたりな日常がはじまる。

ため息をひとつついて、鍵をかけずに出た玄関の引き戸をがらりと開けた。

と、コンクリートの土間に見慣れない靴がある。しかも片方がひっくり返っている。

「――え?」

思わず小さく声を上げ、ビーサンを脱ぎ、そろりと廊下を進む。

簡易水洗式のトイレ、屋根を直した風呂場、薄暗い台所、卓袱台の置いてある居間に、人の姿はない。廊下の突き当たりの居室にも、棚ががらんとしている、なんでも屋の「あんでんかんでん」にも。

――だとすれば。

廊下をもどり、台風で畳が黴《か》びてしまい文哉自身の手で洋間にリフォームした、台所の隣の部屋の前に立つ。格子戸のすりガラス越しにのぞいたところ、水色のタオルケットが見えた。

その下にごろんとなにかが横たわっている。タオルケットが微《かす》かに上下し、耳を澄ますと寝息が聞こえてきた。

寝返りを打つと、白く太い脚が露《あら》わになった。

「――マジかよ」

文哉は思わずつぶやいた。

12

「元気そうで安心した」

突然帰ってきた姉の宏美はカップ麺のスープをすすると、にっこり笑った。

手土産ひとつ持たずに勝手に上がり込み、文哉が帰ってからも一時間近く眠っていた。化粧が濃くなり、さらに少し太っていたが、宏美のほうこそ体調がよさそうで、身なりも文哉に比べてきちんとしている。

夕飯は、買い置きのカップ麺を各自でつくってすませた。

「それにしても驚いた。ひさしぶりに下北沢《シモキタ》に行ったら、凪子ちゃんのクラフトが並んでるんだもん。ブランド名に『NAGIKO』ってあったけど、あれって、文哉のアイデア？」

「いや、大学時代の友人、じゃなくて知り合いが手伝ってくれてる」

「見栄えしてたよ。ひとつのコーナーみたいにディスプレーされてたし」

「へえー、そうなんだ」

「あわててネットで検索したら、アーティストとして凪子ちゃんの名前が載ってるんだもん」

それも都倉による広告戦略のひとつだ。凪子に尋ねるまでもなく、顔出しは文哉が断っているが、実際、宏美のように感心する者もいるのだから、効果があるようだ。

都倉とはそういうことに長《た》けている男なのだ。

「凪子ちゃん、こっちにいるんでしょ？」

「うん、今日も会ったよ」

「叔父さんの、カズさんだっけ？」

「今も世話になってる」

「こっちは変わらないね」

なにげなく宏美が使った言葉に、なんと答えればいいのかわからなかった。

「髭のばしてるの？」

「いや、ただの無精髭」

「やだ、似合ってるじゃん」

おだてる宏美を不気味に感じてしまった。

そんな調子で宏美はしゃべり続けていたが、いっこうに自分の話をしようとしない。

この家で暮らしはじめ、初めて迎えた冬。海での食料の調達がむずかしくなってきたある日、一緒に暮らしていた宏美が書き置きを残して家を出た。婚約者に騙されたに等しい宏美は、芳雄が遺した銀行預金の大半を使い込み、もどってきてこの家で雑貨屋をはじめたものの、半年足らずで放り出したのだ。

出て行く際、「少しだけ借ります」と書いて、文哉が貯めていたわずかな金を持ち出した。その件にもやはり触れようとしない。

まるでなにもなかったように姉として振る舞っている。

食後、宏美は縁側でタバコを吸いはじめた。

家を出て音信不通だった宏美からは、約一年後に電話があった。能天気な声で、東京湾をはさんだ対岸にある街で、母と暮らしている、と言っていた。

母は芳雄と離婚後、再婚したものの、再び離婚。別れたその夫から譲り受けたマンションに住み、化粧品販売会社の役員になっていた。宏美はその会社の販売員となり、マンションに居候をしているらしかった。

一文哉も一度こっちにおいでよ」と浮かれ気味の宏美に誘われたが、返事をしなかった。宏美が使う「家族」という言葉が空々しく感じられ、無理して一緒にいることはないと感じた。

そういえばあのとき電話を受けた場所は、幸吉から借りていた畑だった。

その後、宏美になにがあったのかは知らない。去年の台風の際ですら宏美はなにも言ってこなかったし、こちらからも連絡をとらなかった。

——こっちは変わらないね？

宏美はなにも知らないだけだ。

文哉にとっては、今はたったひとりの身内と言えたが、自分は自分、姉は姉、それでいいと思ってやってきた。

「——それでさ」

文哉は遠回しにどうしてここへ来たのか尋ねてみた。

「コロナだからね」

宏美が眉をひそめて答えた。

緊急事態宣言は解除されているものの、たしかに人々の暮らしは変わってしまっていた。田舎でさえそう感じるのだから、人の集まる都会ではさらに深刻な事態であることは容易に想像できた。多くの人が、暮らし方、生き方を変えざるを得ない状況に追い込まれている。日常は、非日常に変わってしまった。

「ねえ、これ。少ないけど」

タバコの煙を細く吐くと、宏美が封筒を差し出した。

なかには、一万円札が三枚入っていた。

「なにこれ？」

「しばらくここでお世話になるから」

「え？　姉ちゃん仕事は？」

「コロナだからね」

「住んでたとこは？」

「明日、荷物がここに届く」

「なにそれ、急に」

「いいでしょ、ここはお父さんが二人に遺してくれた家なんだから」

宏美の声の調子が強くなった。

この家の相続登記は、文哉の名前ですでに済んでいる。芳雄の預金を使い込んだ宏美自身が認めたからだ。預金を宏美が独り占めにし、しかたなく家を文哉がもらい受けたかっこうでもあった。

「なんで？」

文哉は思わず尋ねた。

「なんでって、コロナだからね」

宏美はくり返した。

そう言われたら、なにも言えない。それ以上尋ねることをあきらめた。

収入の減った文哉にとって、思いがけず手にした三万円は大きかった。

13

八月末の別荘管理の契約更新は厳しい結果となった。

台風の爪痕が未《いま》だ残るなか、コロナ禍が重なり従来のように別荘が使えそうもないこと、あるいは売却検討を理由に、管理契約を解除する申し出があった。

引き留める言葉を文哉は思いつけなかった。

台風から一年が経ったその日、引き続き別荘の修繕作業を手伝ってもらっている和海と現場で会い、事情を伝えた。

「予想以上の厳しさだな」

和海がため息をついた。「がんばってブルーシート張ってやったのに。この調子じゃ、コロナの影響は長くなりそうだし、先が思いやられるな」

「すいません、心配かけて」

文哉は頭を下げた。

「そういえば、宏美さん、帰ってきたのか？」

「ええ、じつは」

文哉は小さくうなずいた。

「しばらくこっちにいるの？」

「さあ？　どうだか」

「それとも、またこっちに住むのか？」

「いえ、それは――」

文哉は正直かんべんしてほしかった。

しかしすでにこちらに来てから二週間が経とうとしている。

宏美はコロナの感染を恐れてか、なるべく外出を控え、家の掃除や、「文哉に一任します。やめてもかまいません」と書き置きした店の番をしている。

「あんでんかんでん」という文哉がつけた店名や商品の置き方に小言を並べてきた際は、さすがに腹が立った。少し前に凪子と再会し、喜び合っている姿を目にして複雑な気分になった。

「いいじゃないか、メシくらいつくってくれんだろ？」

和海が派手な音を立ててインパクトドライバーでネジを締めた。

それがいちばんの悩みというか、迷惑でもあった。

暇を持て余している宏美が用意してくれる料理は、あいかわらずうまくない。調理のやり方が変化球で、文哉の口に合わない。「今日はサンマにしたから」と言われ、ほっとすると、塩焼きではなくサンマのクリーム煮なる予想外の料理が出てくるといった具合だ。

「文哉、頼みがあんだ」

和海がめずらしい言葉を口にした。

「なんですか？」

「凪子が住んでる家なんだけどな、奥の間の床を張り替えてやってくれねえか？」

「奥の間って、施設に入ったおばあさんが使ってた？」

「ああ、畳がひどいことになってる。おまえ、台所の隣の部屋、うまくフローリングにリフォームしたじゃないか」

「それは、カズさんがやり方を教えてくれたから」

「頼むよ、日当払うから」

別荘管理の仕事が減った自分に、和海が仕事をつくってくれようとしている。そのことを感じながら文哉は、「おれでいいなら、引き受けますけど」と答えた。

「ああ、よろしくな」

和海はうなずき、続けてネジを締めつけた。

14

できれば家にいたくない文哉は時間を見つけ、凪子の家を訪ね、リフォームする部屋を確認した。

すでに家具は運び出され、六畳間はがらんとしていた。

案内してくれた凪子は、「お願いします」とだけ言って、すぐに自分の部屋へ引っ込んでしまった。

「ねえ、どういうふうにしたいの？」

文哉はドアの外から尋ねた。

「洋間に」と澄んだ声が聞こえた。

「この部屋、なにに使うつもりなの？」

返事がない。

なにやら凪子は忙しそうだ。

父親が漁師だった和海の家は、民宿を営んでいたという話だが、その家はすでに手放してしまったらしい。海辺に建つこの家は、凪子が母親と二人で暮らしていた平屋で、母親が亡くなったあと、凪子は祖母である和海の母と暮らしてきた。家はこぢんまりとしていて、薄暗い台所をのぞくと部屋は三つしかない。それらの部屋をつなぐ廊下には、クラフトの材料となる拾ってきた流木やシーグラス、貝殻などが所狭しと置かれている。

リフォームに必要な材料は文哉がリクエストし、後日和海が仕入れ、運び込むことになっていた。

まずはブルーシートを敷き、千枚通しを刺して畳を上げる。台風の際に、畳は一度雨で濡れたらしく、シミができている。表はすり切れ、かなり古くもあった。

畳の裏には、それぞれ二つの方角がマーキングされていた。畳を敷いた職人がつけたのだろう。畳は縁《へり》の模様がどれも同じであっても、大きさが微妙にちがっている。だから動かした畳をきちんと収めるためには、それぞれ元の位置にもどさなくてはならない。

そのことを知らなかった文哉は自宅の畳を庭で干してもどす際、かなり手間取った経験があった。今回は畳裏にマーキングされた「東西南北」の文字の意味を読み解けばよいわけだが、念のためそれぞれの畳の位置がわかるようにスマホで写真を撮っておいた。

下地板の一部をバールで剝がしたところ、床組みの部材である大引きや根太《ねだ》、土の地面が見えた。家が古いせいか、基礎になる束石は、まるい自然石が使われていた。比較的新しい別荘とは明らかに異なる構造をしている。

文哉は興味を覚えながら注意深く見ていった。歩くと畳が沈んだのは、畳を支えていた根太の一部が傷んでいるせいらしい。その部分の交換も必要だ。寸法を測り、メモをとる。

帰る頃、凪子が台所で夕飯の準備をはじめた。甘辛い香りが漂ってくる。今夜のおかずは魚の煮付けだろうか。

この日、凪子は口数が少なく、宏美のことをなぜか話題にしない。どこか不機嫌にさえ映ったが理由はわからない。

和海から頼まれたものの、凪子はそれほどリフォームの必要を感じていないのか、あるいは、凪子に頼まれたことをいつまでも文哉が実行に移さないせいかもしれない。

今度は味噌のにおいがした。

凪子の夕飯の食卓には、おそらく変化球ではない、昔ながらの料理が並ぶのだろう。想像していたら、腹の虫が鳴いた。

できればこっちで夕飯を食べて帰りたいが、もちろんそんなことは言い出せない。凪子も言ってくれない。

「じゃあ、今日はこれで」

文哉は台所に声をかけた。

「ご苦労さまでした」

素足の凪子がぺこりと頭を下げた。

なにか持たせてくれるのだろうか、と期待したものの、あっけなく外れた。

15

「ねえ、なんで食べないの？」

夕飯の卓袱台の席で宏美が言った。

「ごめん、あまり食欲なくて」

文哉は止まっていた箸をあわてて動かそうとしたが狙いが定まらない。

「野菜、食べなさいよ」

「ああ、野菜ね……」

文哉は口ごもった。

去年まではさんざん食べていた。むしろ野菜メインの食事だった。幸吉のつくる野菜、自分で育てた野菜。それらはとれたてで、無農薬、無肥料であり、安心して口に運ぶことができた。

　野菜は、野菜づくりの現状を知れば知るほど、自分でつくるべきだと感じてしまう。実際に農家では、市場に出荷する野菜と、自家消費する野菜を分けて栽培している家もある。スーパーでお金を払ってまで買う気になれず、食べるのも気が進まない。正直あまりおいしく感じられない。

　――スーパーには四季がない。

　あらためて文哉は思った。

　そのことを多くの消費者は疑問を抱かずありがたがる。むしろ文哉は気味わるさを感じていた。なぜなら自然に反することだからだ。もちろん促成栽培や抑制栽培によって収穫物の商品価値を上げるためだとは教科書で習っていたが。

　今は十月下旬。宏美がつくった料理にもそれらの食材が使われている。春が旬のタケノコとアスパラのカレー炒めは味も素っ気もなく感じてしまう。

「ところでさ、姉ちゃんはいつまでいるの？」

　文哉はなにげなく尋ねてみた。

「いつまでって、なんで？」

「いや、まあ、ここはおれの家なんだしさ」

「え？」

宏美はぎょっとしてみせた。

「――だよね？」

「私の家でもあるよね？」

「は？」

「だってそうでしょ、この家はお父さんのものだったんだよ」

宏美はまじめな顔をした。

文哉は思わず口元がゆるんでしまった。

「でもさ、この家はおれが相続したよね。名義変更もすませたし」

「登記上はね」

しれっと宏美は答える。

それがすべてのような気がしたが、文哉は口を閉じた。

「三万円渡したよね？　お金足りなかった？」

「そういう話じゃないよ」

「じゃあ、コロナが蔓延《まんえん》するなか、ここを出て行けとでも言うの？　結局、お金じゃない。お父さんが生きてたら、なんて言うかな？」

「ちょっと待ってくれよ」

文哉はちいさくため息をついた。口に合わないメシが、余計にまずくなりそうだ。

「じつはお母さんから聞いたんだよね」

宏美が箸を動かしながら言った。

「なにを?」

聞きたくもなかったが尋ねた。

「お父さんね、結婚してからも連絡をとってたらしい」

突然亡くなった芳雄の話になり、文哉はうんざりした。

「連絡って、だれと?」

「夕子《ゆうこ》さん。凪子ちゃんのお母さん」

「ほんとかな?」

文哉は箸を置いた。「それが離婚の理由だったとでも言うわけ?」

「わからない」

「わからないよね? だからそんな話、今さらどうでもいいだろ」

「どうでもよくはない」

「その話と、この家に姉ちゃんがいることと、なんの関係があるの?」

「ちゃんとしたいの」

「なにを?」

「この家がだれのものなのか」

「蒸し返すつもり？」

「たしかに私はお父さんの遺した貯金を使ってしまったよ」

「だよね？　だからおれにこの家の権利を――」

「五百万円だまし取られてしまったよ」

宏美が声をかぶせてくる。「その点は反省してる。でもね、私は被害者なの」

「被害者って言われてもさ……」

「それにね、私が使ってしまったのは五百万円」

「五百万円って言ったら大金だぞ」

「でもね、よく考えてみて。五百万円の半分、つまり二百五十万円は、私の相続分だよね。だとしたら、文哉に迷惑をかけたのは、たった二百五十万円」

「たった、って？」

「でも、この家は売ったらいくらになる？」

「そんなこと知らないし、売る気はないよ」

「安く見積もっても一千万円にはなるんじゃない？」

「知らねえよ、そんなこと」

「ほら、これ見て」

差し出されたスマホの画面にはメールの文面が表示されていた。

緒方　宏美　様
お世話になっております。関東リハウスの山城です。
役所等での調査結果を踏まえ、ご報告させて頂きます。
周辺の土地は、1坪あたり4万円～6万円前後で成約されているエリアとなります
が、土地の形状、環境、広さなどを考慮した予想売却価格は下記の通りです。

予想土地売却価格　1000万円～1300万円

文哉は言葉を失った。

宏美はすでに不動産業者に査定させていたのだ。メールは、宏美がここへ来る以前の日付だった。

「ね、だから言ったでしょ？」

宏美はにっこり笑った。

「なんで勝手にこんなこと調べてんだよ。だれかに入れ知恵でもされたわけ？」

宏美は答えず咀嚼《そしゃく》をくり返す。

仮に、この家が一千万円だと言うのなら、宏美の相続分は半分の五百万円、宏美が

使ってしまった預金の相続分二百五十万円を引いても、残り二百五十万円の権利がある、と主張したいようだ。

そのことをたしかめる勇気がなかった。

これ以上、姉弟《きょうだい》でこじれるのはごめんだ。

文哉はルーのよく混ざっていないタケノコとアスパラのカレー炒めを口にした。子供の頃と同じように心のなかで鼻をつまんで。

ふと、コロナ以前から世の中で横行している犯罪が頭をよぎった。

「姉ちゃん、なにかあったの？　まさかまた、だれかに騙されてんじゃないの？」

宏美は答えずに話題をすり替えた。

「お母さんが言ってたよ」

なぜここでわざわざ自分たちを捨てたともいえる母親を登場させるのか。

「あの子は子供の頃から好き嫌いが多くて、わがままだった、って」

「くっ」

文哉は思わず嘆息した。記憶も定かでない人に言われたくない。

「お母さんから聞いた話だけど、なんでお父さんが、夕子さんと連絡をとってたかわかる？」

文哉は首を横に振るだけにした。

凪子の母、夕子の生前の話であるから、かなり昔の話でもある。

「相談されてたらしい」

宏美はもったいぶるように間を置いてから言った。

「相談って？」

話を早く終わらせたくてつい術中にはまって尋ねた。

「子供のこと」

「それって、凪子さんのこと？」

宏美はうなずくと、「あの子、小さい頃から変わってたみたいね」と答えた。

――なにが言いたいんだ。

凪子の才能を妬む戯言《たわごと》としか受けとれなかった。

「まあ、女の相談っていうのは、とかく裏があるもんだけど」

宏美はほくそ笑んだ。

16

午後、山野井《やまのい》農園の長男、彰男が軽トラックに乗って訪ねてきた。あいかわらず痩せていたが、色白だった顔は日に焼けている。

「ひさしぶり。店のほうはどう？」

白いマスクをつけた彰男は奥をのぞくと、宏美の姿を見て驚いた。

「お客さん？」

「ならいいんですけど」

文哉は首を横に振り、姉の宏美だと紹介し、話がややこしくなるのを避けるため、彰男を散歩に誘った。

「帰ってきたんだ？」

帰ってきた、という表現が妥当かはともかく、「少し前に」と答えた。文哉としては、あまり人に知られたくなかった。

もともと無口な彰男は、坂道を下って歩きはじめても黙っている。

「どうしたんですか、今日は？」

文哉のほうから尋ねた。

「いや、元気にしてるかな、と思って」

「だれが？」

尋ね返したのは、凪子のことかと思ったからだ。

「だれって、決まってるじゃん」

「元気ですよ」

文哉は笑って返した。

「いや、誤解されてると困るからさ」

「なにをですか？」

「幸吉さんの家や畑のこと」

「なにかあったんですか？」

「いや、なにも動きはないけど、親父は買うつもりないし、借りてもいない。僕としても、専業で農家をやるつもりないから」

「彰男さん、どうするんですか？」

「勤めることにした」

「へえー、どんな仕事？」

「営業」

「え？」

彰男さんが、と言いそうになり、あわてて言葉を呑み込んだ。

「まあ、東京で都倉さんにみっちり仕込まれて、飛び込みで何軒もまわったからね。その経験を生かそうと思って」

「じゃあ、東京に行ったのは無駄じゃなかったですね」

「もちろん、また行くかもしれないし」

彰男はようやく笑顔を見せた。

「農業は兼業でやるんですか？」

「親父も年だし、家のビワを手伝うよ。ただ、幸吉さんのやり方での野菜づくりは、正直むずかしいな。親父からも反対されてるし。ほかの若い連中も自然栽培から従来のやり方にもどしはじめてる」

「そうですか」

「残念だけど」

「ビワの葉染めは？」

「やるとしても、まあ、趣味程度だろうな」

彰男の声が不意に沈んだ。「台風からもう一年過ぎたもんな。あんとき僕はこっちにいなかったけど」

ビワ農家の長男である彰男は、父親に反発して台風の前日に東京へ向かった。年が明けるまで帰ってこなかった。そのことに負い目を感じているのか、「あんでんかんでん」にも寄りつかなくなってしまった。もともと明るい性格ではなく、社交的でもない。今年に入って何度か連絡はもらったものの、文哉も積極的に会おうとはしなかった。

「それはそうとさ、妙な話を聞いたんだ」

彰男は思い出したように口にした。

「妙な話って？」

「おふくろが人から聞いたらしいんだけど」

彰男は口ごもった。「──いや、あくまで聞いた話だからさ、気をわるくしないでほしいんだ」

「ええ、わかりました」

「おふくろが言うにはさ、幸吉さんの家の前を軽トラで通った人がね、夜中に人影を見たらしいんだ。歩いてたのは、年をとった男の人だった、って」

「いつの話ですか？」

「八月のお盆の頃かな」

「あんな所になんの用だろう？」

「だよな。あのあたりを歩く人間なんて、ごく限られてるはずだから」

「地元の人間じゃなかったんですか？」

「いや、わからねえ。あのあたりは、真っ暗だから」

「何者なんだろう？」

「いや、そしたらさ、別の人からも似たような話を聞いてさ」

「ほかにも見た人がいるんですか？」

「ああ、人がわるいよな、背格好が、幸吉さんに似てたって言うんだ。だったら幽霊じゃないかって、噂も流れてる」

「幽霊？」

文哉はつぶやいた。

「まさかな」

彰男は顔をしかめた。

が、文哉は、だとしても会ってみたいと思ってしまった。

「もちろん、そんな話、僕は信じてないよ」

「あの家、今もあのままですか？」

文哉は思い出しながら尋ねた。

「ひどいもんさ。敏幸さんは一度来たきりで、人にも頼まないから、夏草が生い茂っちゃって。奥まで入ってないけど、ビワ畑だってとんでもないことになってるだろうよ」

「――そうなんですか」

ならば、自分が借りていた畑も同じだろう。

「敏幸さんからビワ山のことを頼まれたらしいけど、ウチの親父は端《はな》から相手にしなかった。いつ返せって言われるかもしれない畑なんて、だれも借りやしないさ。手間かけて草を刈ったり、剪定《せんてい》しなきゃならないわけだからね。それに、『あそこは手遅れだ』って親父は言ってたよ」

文哉は、そんな姿になった幸吉の家や畑は見たくなかった。

「敏幸さんとは会ったんだろ？　あの人、今になって太陽光はむずかしそうだとか言ってきたらしい。送電するには電柱が必要なんだとかって、あたりまえのことだろうにさ。うちもそうだけど、道幅が狭いから、畑以外には使い途《みち》がないんだよ。消防車が入れなきゃ、民泊だってできねえんだからな」

海岸道路まで出ると、彰男は凪子の家のほうへは向かわずに港に足を向けた。

「今になって、だれか買い手がいないかって、親父に泣きついてきたらしい。どうも敏幸さんは、相続の件で妹ともめてるみたいだな」

彰男は海風に当たりながら、薄く笑った。

17

「だいぶできてきたな？」

和海に声をかけられ、文哉はハッとした。考え事をしていたからだ。

「すいません、時間がかかってしまって」

「いや、急ぎじゃねえから」

和海が差し入れの缶コーヒーを寄こした。

気がつけば、部屋のリフォームを任されてからすでに一ヶ月以上が経ってしまった。

「凪子のやつは？」

「施設に、おばあちゃんに会いに行くって」

「そうか」

文哉は作業用手袋を外し、「はあー」とため息をついた。

「どうした？」

「いえ、べつに」

「姉ちゃん、まだいるんだって？」

「ええ、そうなんです」

「コロナのせいか？」

和海はマスクを着用していた。「都会に住んでる連中は、『二拠点生活』とやらをはじめるのが増えてるんだってな」

「『二地域居住』とか、『デュアルライフ』とかって言うんですよね」

「でもそれって、別荘持つのとどこがちがうんだ？」

「それは――」

別荘管理を営む文哉は以前疑問に思い調べてみた。

別荘というのは、住んでいる家とは別に、暑さや寒さを避けるために短期間休日などに滞在する一戸建てのことで、日本の場合、経済的に余裕のある層が海辺や高原の避暑地などに建てるケースが多い。一方、二拠点生活とは、都会と田舎あるいは郊外といった異なる環境に二つの拠点を持つ、新しい生活様式のことらしい。

文哉の説明を聞くと、「なるほどな」と和海はうなずいた。

以前暮らしていた場所を引き払っている宏美には当然あてはまらない。

「いわゆるフリーの人間とか、兼業なら試せそうだな」

「でも、二つの拠点を持つのって、金がかかりそうですよね」

「かもな」

和海は床に張った合板の上を、強度をたしかめるようにゆっくり歩いた。

「それはそうと、凪子のことなんだけどな」

「なにか?」

「いや、最近、夜遅くまでこの家の明かりがついてるのを何度か見かけたもんでな。こないだ立ち寄ると態度が妙なんで、少し問い詰めた。そしたら、『仕事だ』って答えた。あいつがそんな言葉を使うのはめずらしい。海岸で拾った漂流物でおかしなものをつくって、今じゃそれが商売になってる。でもそれは、あくまであいつが好きではじめたことで、金が目的じゃなかったはずだ」

「おれもそう思います」

「宏美さんから頼まれたらしい」

「え？」

「聞いてないか？」

「なにも……」

「いや、おれも事情はよくわからん。無理強いされたとかじゃなくて、瓜子は金を稼ごうと思ったんだろ。前金で払ってもらったらしい。将来のことを考えるよう、おれに言われたからかもしれん。この家のリフォーム代なんて、おれが払うのによ」

　まったく気づかなかった。

　コロナの影響で観光客が減り、道の駅などに委託販売してもらっている瓜子のクラフトの売れ行きはたしかに落ち込んでいる。都内やネットで都倉が販売してくれているものの、その穴埋めには足りないだろう。

「あんでんかんでん」の店番は瓜子がやっていたが、宏美が帰ってきてからあまり姿を見せなくなった。

　そういえば、文哉がリフォームをする際、最初に訪れたときも瓜子はなにやら忙しそうにしていた。

「まあ、凪子にできることは限られてる。内職みたいなもんだろ。宏美さんから受け取った素材っていうのかな、それを使って、渡された見本と同じものをせっせとつくってるみたいだ。まあ、おれがとやかく言うことじゃないかもしれんけど、気になってな」

「そうでしたか……」

文哉には思い当たることがあった。

宏美が家に上がりこんでいた翌日、荷物が届いた。家具などは処分したのか、占拠した六畳に収まる範囲だったが、壁際に段ボール箱がいくつも積み上げられていた。衣類などではないらしく、運ぶのを手伝った際、やけに重たかった。

「同じものなんて、凪子さんつくれませんよ」

文哉はため息をついた。

「まあ、そういうことは、あいつが得意だとはおれも思えない」

「いや、そんな仕事に時間を費やすべきじゃない。すいません」

文哉は頭を下げ、缶コーヒーをごくりと飲んだ。

「仕事って、どんな？」

18

家に帰ると宏美は店でなにかをやっている。

気づかれないように台所の隣室へ入り、壁際に並んだ段ボール箱を開いてみた。なかには透明なケースがいくつも入っている。中身は色の異なるビーズや小石、加工品らしき〝シーグラス〟のまがい物、革紐《かわひも》などだ。宏美が仕入れたのであろう市販のクラフト素材のようだ。これらを凪子に渡し、同じ商品をつくらせているのだろう。文哉にはなんの相談もなかった。

「なんなんだよ、これ？」

文哉は店へ行くと尋ねた。

「なによ、勝手に人の部屋に入らないでよ」

宏美が店の棚になにかを並べている。

――ここはおれの家だ。

そう言いたかったが思いとどまった。

「答えてよ、なにこれ？」

「見ればわかるでしょ」

「どこで仕入れたの？」

「ネット。便利な時代になったものよね」

宏美は作業を続けた。

文哉が時間をかけて海岸の波打ち際で拾うクラフトづくりの素材を手っ取り早く金で買っているわけだ。

「凪子さんに頼んだの？」

「ああ、そのこと？　あの子も困ってるみたいだから」

「どういうこと？」

「コロナだからね」

宏美が並べているのは、文哉が仕入れたものではない。東南アジア系の雑貨屋で見かけるような木彫りの置物の類いだ。それらもネットで仕入れたのかもしれない。

「なにがしたいんだよ、姉ちゃんは？」

文哉の声が大きくなった。

「困ってるから仕事をあげただけじゃない」

「それを売って儲けようと思ってるんだろ？」

「そうよ、ビジネスよ。それとも私が凪子ちゃんに仕事を頼んじゃいけないわけ？　凪子ちゃんはあなたのものじゃないでしょ。彼女にブランド力がついたら、高く売れるじゃない」

「そういう魂胆か」

「なにがいけないの？　もともと凪子ちゃんのクラフトを扱っていたのは、お父さんだよ。それをあなたが引き継いだだけじゃない。笑わせないでよ」

　声色は穏やかだが、開き直ったようにふてぶてしい。

「そうだよ」

　文哉は警戒しながら認めた。

「そうだよね？　別荘管理の仕事だってそう。文哉がここでうまくやってるのは、すべてお父さんのおかげでしょ？　この家だって、あなたのものじゃなく、お父さんのものだった。家だけでなく、仕事まで独り占めにするつもり？」

　いつの間にか話がすり替えられている。

　だが、宏美の言葉は文哉の急所とも言えるやわらかな部分を的確に突いてくる。自分は周囲からもそんなふうに見られていたのかと思い知らされた。

「姉ちゃんは、その仕事が本当に凪子さんのためになると思うの？」

　文哉は怒りを抑えて問いかけた。

「なに言ってるの？　今の時代、みんな生きるために必死なんだよ。私だってね、才能があれば自分でつくりたいよ。クラフト作家になりたかったよ」

「だったらやれよ！」

思わず叫んだ。

「は？」

「人を巻き込まず、自分でやればいいじゃないか、好きなことを」

「私だってやりたいよ」

「姉ちゃんは昔から料理は下手だったけど、絵や工作はうまかったじゃないか」

「なにそれ？」

「雑貨屋をやるのが夢だったんだろ？　店ももう一度やったらいい」

「ほんとにいいの？」

「いいさ、好きにしろよ」

「あんたが言い出したんだからね」

「ただ、これだけは言っておく」

文哉はゴクリとツバを呑み込んだ。

「なによ？」

「凪子さんの才能を潰すような真似《まね》はやめてくれ。それから――」

文哉はため息をついてから告げた。「これまで食事をつくってくれてありがとう。でも、これからは、自分のメシは自分でつくる」

19

宏美とは別々に夕食をとったあと、都倉に電話しようか迷った。

でも、できればやさしい声が聞きたい。気が変わって選んだのは美晴の番号だった。

話を聞いてもらおうと思って電話をしたわけだが、出版社に勤める美晴はすぐに自分の話をはじめた。営業から希望する編集の部署へ異動になったものの、自分がやりたい企画が通らないと不満を漏らした。会社の業績もあまり芳しくないようだ。

「ねえ、文哉は本読んでくれてる？」

「まあ、少しはね」

「情報を得るのにネットですませがちだけど、本を読むのは大事だよ」

「そう思ってるよ」

「本屋さんで買ってるの？」

「こないだは図書館で借りた」

「本が大事だと思うなら、買いなさいよ。大事な本は、自分の部屋の本棚に置いておくべきでしょ」

美晴の声がとがる。「で、なんの本？」

「まあ、いろいろだよ」

農業に関する本がほとんどだったがそう答えた。たしかにそのなかには、自分の手元に置いておきたい本もあった。

美晴は、本を自分で買う行為の意味や意義について説いた。

文哉は黙って聞いていた。

それから話は唐突に変わった。

「そうそう、こないだ部屋のトイレが詰まっちゃってさ、大変だったよ」

美晴はまた自分の話をはじめた。

「でも直ったんだろ？」

「業者を呼んだからね。ついてないよ、手痛い出費だった」

「いくらかかったの？」

「五万円」

「五万円？　トイレの詰まりを直すのに？」

半ば呆れて尋ね返した。

「しかたないよ。直す道具もなければ、時間もないし」

「けど五万円って、便器の交換でもしたの？」

「いや、外してもいなかったみたい」

「時間はどれくらい？」

「一時間くらいかなあ」

「じゃあ、時給五万ってこと？　おかしいだろ、それ？　詐欺だろ？」

思わず言ってしまった。

「でも払うしかないでしょ。自分じゃ直せないんだから」

美晴の声が大きくなる。

「――おれだったら」

言いかけてやめた。

仮定の話をしても仕方がない。自分は美晴の近くにいないわけだし。

けれどバカげている。

なにかがおかしい。

そんなことのために、混雑した通勤電車に乗って、やりたくもないことをして金を稼がなくてはならないとしたら、滑稽でさえある。

文哉の家の簡易水洗式ボットン便所はこれまで詰まったことなどない。単純な構造で詰まりようがないからだ。もちろん古いせいで見た目はよくないし、臭いもする。お金をかけて臭いを消したり、ごまかしたりする習慣のある都会の生活から見れば、時代遅れも甚だしいと笑われそうだが――。

編集者である美晴だからこそ、問いたかった。どちらが文字通り「便利」なのか？　理に適《かな》っているのか？　動物の排泄《はいせつ》物を意味する「便」のつく「便利」という言葉は、仏教語が由来で大小便の通じを意味すると聞いたことがある。

もちろん、尋ねはしなかった。

結局、自分の話はほとんどできなかった。

やさしい声も聞けなかった。

ただ、電話してよかった。

電話する前は、東京で仕事を探すのもひとつの選択肢ではないかと考えていた。でも、おそらく自分の望む暮らしではない。そのことが確認できた。

とはいえ、このままじゃだめだ。

なんのためにここで暮らしているのかわからない。

文哉は食事を含め、その日から自分の生活を見直すことにした。

20

「そういうわけだからさ、姉ちゃんの仕事はもうやらなくていいよ」

文哉はフローリングの仕上がりを凪子に確認してもらったあとで告げた。

「でも、お金もらっちゃったから」

「いくらもらったの?」

「一万円」

「いいよ、おれのほうでなんとかする。だから今までどおり、海で拾ったものを素材にして、つくりたいものをつくればいい。この世にひとつしか存在しない、凪子さんのクラフトを」

かっこつけたわけではなく、本心からそう思った。

電動丸ノコやインパクトドライバーといった自分の道具を、文哉は片付けはじめた。後ろに立った凪子は黙っている。

「コロナが収まれば、こっちでもまた売れるようになるさ。それまではなんとか我慢するしかない。いや、いろいろと工夫するべきだよね」

「――海だけ?」

「え?」

「私、新しいものをつくりたいの」

「新しいもの?」

文哉は振り返り尋ねた。「もしかしてそれって、ツルのこと? 山でツルを採ってきてほしいって言ってたよね?」

凪子はコクリとうなずいた。

「そっか、クラフトづくりの素材にするんだね」

文哉は気づくと、「じつはおれも、新しいことをはじめたいんだ。そのために、少しここを離れようと思う」と口にした。

凪子はきょとんとしている。

「なんていうかさ、疲れたんだと思う。いろんなことに」

「──たとえば？」

「そうだね、芳雄さんの息子って言われることに」

「ふうん」

「親父のおかげだって、思われることに」

なぜか素直に自分の気持ちを打ち明けることができた。

「ふうん」

「それにさ、台風の話になる度に、自分の住んでるところはこんなもんじゃなかったとか、もっと大変だったとか、比較した話を持ち出される。そういうことにも、嫌気が差したんだ」

「ふうん」

「だからね──

「どこかへ行くの？　行っちゃうの？」

凪子は急に不安げな声になった。

「――うん」

「だめだよ、遠くは」

「なんで？」

「だって、もどってこられなくなる」

思い詰めた瞳で凪子が声を絞りだす。

頼りないその声と真剣な眼差《まなざ》しが、文哉をせつなくさせた。

凪子は、母との別れがトラウマになっているのだろう。

母親の夕子と一緒に沖に出て、凪子はひとりボートに取り残され救助された。夕子は入水自殺したとされているが、遺体も見つからず真相はわからない。

そのときのことを凪子は語ろうとしない。

文哉が、幸吉との別れを語らないように――。

凪子の気持ちが今になってわかった。

「だいじょうぶだよ」

文哉はうなずいてみせた。

「どこに行くの？」

「まだ詳しくは決めてないけど、そうだなあ、山のほうへでも行こうかな」

文哉は冗談めかして口にした。

「山へ？　山へ行くの？」

凪子の声が急に明るくなった。「だったら私も行きたい」

「それは無理だよ」

「なんで？」

「かなり遠くだからね。そうだ、できれば、頼まれたツルを採ってくるよ」

文哉は笑いかけ、仕上げた床の掃除をはじめた。

凪子はなにも言わず姿を消すと、雑巾を持ってきて手伝ってくれた。

21

「おう、なかなかの仕上がりだ」

和海がフローリングの上に置いたビー玉は動かずにぴたりと止まっていた。沈んでいた床を水平にもどすことができた証拠だ。

「そう言ってもらえればうれしいです」

「こんな棚までつくってもらってよ」

和海は壁面に設えた棚板を撫でた。

「フロア材が余ったもんですから。ほら、凪子さんがクラフトづくりに使う素材、廊下にまであふれているじゃないですか」

「サンキューな、気を利かしてもらって」

「いえ」

「これ、少ないけど」

和海は、凪子の家のリフォーム代としてお金を包んでくれた。

文哉はありがたく頂戴した。

「それで、じつはおれ――」

文哉がしばらく旅に出るという話をしたところ、以前から休みをとれと言ってくれていた和海は理由を詮索せず、その間の別荘管理を快く引き受けてくれた。

「で、どこへ行くんだ?」

「市蔵さんのところに行ってみようかと」

「へえー、あの人が住んでるのはたしか上州《じょうしゅう》の山奥だよな?」

「ええ、それから、その近辺にある別荘地を見てくるつもりです」

「なんだよ、仕事がらみのつもりか?」

「まあ、それも少しはありますけど」

「ゆっくり温泉にでも入ってこい」

「ありがとうございます」

「何日行ってくんだ？」

「決めてないですけど、三日間くらいは」

「なに言ってる、一週間行ってこい」

「いいんですか？」

「おまえがいなくたって、地球はまわるんだよ」

「そうですね」

「心配すんな」

和海は愉快そうに笑っていた。


後日、凪子からも部屋のリフォームのお礼をもらった。それは小さな瓶に入った手づくりのジャムだった。

さっそく朝に食パンを焼いてジャムを塗ると、甘すぎずとてもおいしい。でも、なにからつくられたジャムなのかわからなかった。

凪子に尋ねたところ、庭に生《な》ったイチジクだという。

イチジクのジャムというのはスーパーでも見かけたことがない。文哉は初めて口にした。

イチジクはそのままなら食べたことはある。けれどそれほどおいしいとは思えなかった。なのにジャムになったイチジクはとても気に入った。宏美に食べられては困ると思い、隠したほどだ。

自然に育った庭のイチジクを使うところが凪子らしいと思えた。もちろん、無農薬で安心だ。素材を生かすところは、クラフトづくりと通じるものがある。

不在のあいだ、「あんでんかんでん」は宏美に任せることにした。

できることなら、帰ってくる頃には宏美が家を出ていってくれることを望んでいた。

そんな文哉の気持ちには気づいていないのか、宏美はやけにはりきっていた。

22

十一月中旬、夏に届いた暑中見舞いの住所を頼りに、市蔵の暮らす場所へ軽トラックで向かった。

会いに行こうと決めたのは、市蔵が葉書に「泊めてもらった夜、あまり話ができませんでした」としたためていたことが気になっていたからだ。幸吉の葬儀の前夜で文哉は気持ちの整理がつかず、深い悲しみの底に沈んでいた。

市蔵はなにかを伝えたかったのかもしれない。

文哉にしても話がしたかった。

やっておくべき大方の仕事をすませ、早朝の五時過ぎに軽トラックで出発した。当然のごとく宏美は寝ていた。

出発に際して、あえて市蔵には連絡しなかった。計画的に行動するよりも、運を天に任せるような旅にしたかった。それでも、きっと会えるような気がした。

片道約三百キロ。文哉はひさしぶりの旅に出た。

お金をかけずに一般道路を使うルートを選んだ。そのほうが多くのものを目にし、感じることができるはずだ。本来、旅に道草は付きものだ。効率ばかりを求めてしまえば、その分、見失うものもでてくる。

房総半島を海岸沿いに北上し、今は懐かしくさえある都会の街並みを通り抜ける頃には、仕事を休んで旅に出るやましさや不安も失《う》せ、気持ちが晴れやかになった。大げさかもしれないが、ひさしぶりに自由な気がした。

途中、河川敷に軽トラックを停め、自分で握ってきたおにぎりにぱくつき、運転席で仮眠した。朝早く、疲れていたせいか、二時間も眠ってしまった。

再びハンドルを握り、ひたすら軽トラックを走らせた。

ようやく目的の住所の市内へ入ったときには、仮眠や休憩を含めると約十時間が経過していた。

ここへ来るまでに、いくつもの山を見た。房総半島の低山とはちがって高くそびえ、早くも冠雪した頂《いただき》も目にした。

さらに山間部に入ると、もちろん海は見えない。代わりに、橋を渡る際、清流がきらめいていた。すでに紅葉が進んだ山は、赤や黄に燃えている。そんな景色が文哉の目にはとても新鮮に映った。

市蔵の住所の近くまで来ると、スピードを落とした。

山に挟まれるようにして続く道沿いには田畑と共に、ぽつんぽつんと民家が現れる。一軒一軒の家の敷地はかなり広そうで、家も大きく、必ずといっていいほど離れがある。まさに農家である幸吉の家に似ている。

古めかしい漆喰《しっくい》づくりの家や、土蔵のある家、小さなやぐらのような高窓が屋根に並んでいる特徴的な家もあった。

庭の大きな柿の木には、色づいた実がたわわに生っている。畑には、大根や白菜といった冬野菜が育っていた。きれいに舗装された幹線道路ですら、人だけでなく、車とも滅多にすれ違わない。それでも家がある。こんな山奥にも人が住んでいるのかと感心さえしてしまう。

アクセルを踏み込んだ坂道の脇に台があり、なにかを詰めた袋が置いてあった。運転席からのぞきこむと、「ご自由にお使いください」と書いてある。

——なんだろう？

興味を覚えたが、そのまま通り過ぎる。そんな台を何度か見かけた。

近くまで来ているはずだが、市蔵の家が見つからない。

だれかに尋ねようにも、人もいなければ、店も見当たらない。いったいこのあたりの人はなにをしているのだろう？　素朴な疑問が浮かぶほどだ。

何度か同じ道を行き来していたら、ようやく一輪車を押している人を見かけた。

文哉は軽トラックを停め、「こんにちは」と声をかけた。

手ぬぐいを被《かぶ》っていたのは、年老いた女性だった。肌は浅黒く、顔には深いしわが刻まれている。少し警戒しているのか、くぼんだ目が細い。

「ちょっと教えてほしいんですが」

文哉は葉書を手に、車から降りた。

ひやりとした風を首元に感じた。思ったより気温が低い。

おばあさんは押していた一輪車を止め、軍手をした手を取っ手から離した。荷台には収穫してきたらしい作物が載っていた。

「あんた、どこから来たね？」

文哉は学生時代のように「東京から」と言いそうになったが、「千葉です」と答えた。

「はあー、遠くから来たんね」

おばあさんの前歯が一本欠けていた。

「千葉のどこ？」

なんでそこまでと思いつつ、「南房総からです」と答えた。

「なら、ゲンスケさんとこの、あっこの人かい」

なぜかおばあさんの声が弾んだように聞こえた。

――ゲンスケ？

が、意味がよくわからない。

「こちらの住所なんですけど」

とりあえず葉書を見せた。

「ああ、市蔵さん？」

おばあさんは葉書に顔を近づけて朗らかに答えた。「あん男なら山にいるだろうよ」

「山ですか？」

「今日、いく日《んち》？」

「十一月十五日ですけど」

「んじゃあ、まちがいねえ、山さ。カイキンだかんな」

「解禁?」

文哉はつぶやいた。「そっか、今日って狩猟の解禁日ですね?」

おばあさんはうなずくと一輪車の取っ手を握った。

とはいえここは、山に囲まれている。

——山、山、山。

いったいどこの山にいるというのか。

夕暮れが迫っていた。

すると通り過ぎた山裾のほうから白い煙が上がった。

「もしかして、あそこですかね?」

「おう、けえって来たみたいだな」

「市蔵さんの家って、あのあたりですか?」

「——そうさ」

おばあさんはうなずいた。

文哉は礼を言い、軽トラックにもどりかけた。

「会いに行くんか?」

「ええ」

「なら、これ持ってけ」

おばあさんは黙ったまま泥のついた里芋を十《とお》ばかり選んでくれた。

「田んぼでとれた芋はうんめいぞ」

「え？　これって、里芋ですよね」

「田んぼで？」

「減反《げんたん》でやめた田んぼを畑にしたんさ」

事情はよくわからなかったが、「市蔵さんに渡します」と言って頭を下げた。

名前を尋ねようかと思ったが、すでに一輪車を押して歩きはじめていた。何度も呼び止めるのは失礼な気がして、曲がった背中を見送ってしまった。

その背中はひどく小さかったけれど、なぜかたくましく見えた。老いているものの、人の助けを受けずに自分の足で歩く者の凜々《りり》しさを感じさせた。

山の麓の煙に再び目を向けた。

あそこへたどり着けば市蔵に会える。

そう思うと胸が躍った。

去年、山で出会い、市蔵と過ごした時間がよみがえった。

軽トラックをUターンさせ、来た道をゆっくり走り、見落としていた道の入口を見つけた。そこから山側に入ると、南房総の海岸へ出る道のように道幅が狭くなり、山が迫ってくる。まるで押し寄せる波のような威圧感があった。

道の舗装が途絶え、砂利道になり、地面が土に変わった頃、さっき見たと思《おぼ》しき煙が近くに見えた。左手は山、右手には段々畑。

その先にぽつんと家が建っている。

少し拓《ひら》けた場所で焚《た》き火の近くにしゃがんでいたオレンジ色のベストの男が立ち上がった。背は低いが背筋がしゃんとしている。

ゆれる運転席でハンドルを握りながら、文哉は口元がゆるんでしかたなかった。

山羊鬚《やぎひげ》を生やした男がじっとこちらを見ていた。その手には見覚えのある剣鉈《けんなた》が提げられている。

――市蔵さんだ。

ようやく会えた。

23

「そりゃあ、イトさんだんべ」

市蔵は顎からのびる白い鬚をしごくようにした。

「けども、あのばあさん、おいらに里芋なんてくれた例《ため》しがねえ。きっと、あんたにだろうよ」

「そうですかね……」

文哉は首をかしげた。

「まあ、こっちに座んな」

市蔵が焚き火の近くに玉切《たまぎ》りにした丸太を用意した。切り口の年輪にはいくつもの傷がついている。

ここへ来る途中、道端の台に袋が置かれ、「ご自由にお使いください」と表示されていた件を尋ねたところ、「こっちの冬は冷えるかんな」と銀髪を後ろで結わえた市蔵が言った。

「ですよね。十一月なのに、南房総と比べると冷えますもんね」

「あん袋なら、車のタイヤの滑り止めさ。冬には場所によって路面がつるつるになるんさ。中身は細かく砕かれた石だのう」

市蔵は焚き火に薪をくべた。

「なるほど」

うなずいた文哉は、鍋が置かれた熾火《おきび》に手をかざし、鍋蓋の隙間からもれてくる白い煙を見つめた。

「こっちのほうは、初めてかい？」

「大学の卒業旅行で軽井沢《かるいざわ》には遊びにきました」

「ほう、そうかい」

市蔵が穏やかに笑う。

二人の声がやけに響くのは、山に囲まれているせいだろうか。静けさに満ちた庭で不思議な時間が流れていく。半日かけてたどり着いたばかりなのに、近所の家で世間話でもしているような雰囲気だ。突然の文哉の来訪に、市蔵は驚いた様子もなく、まるで待っていたかのように自然に受け容《い》れてくれた。

「じゃあ、冬はかなり雪が積もるんですね？」

「いや、このあたりはそうでもねえのさ。ただ、場所にもよるけどな。少し先に行きゃあ、雪深くもなる」

「へえー、そんなにちがうもんですか」

「さあ、そろそろいいぜ」

市蔵が焚き火にかけた鉄鍋の蓋に手をのばし、ゆっくり持ち上げた。

ふわりと白煙が立ち昇ると、網の上に載せた肉が飴色に輝いている。

「イノシシの燻製よ」

「こんなに手軽にできるんですね？」

感心して尋ねると、煙たそうな目を市蔵がしばたたいた。

「なにも特別な道具なんて必要ねえ。使い古した中華鍋にでも、アルミ箔《はく》を敷いて、桜やら香りのいい木のチップをばらまいて、その上に網を載っけて燻《いぶ》せば上等さ」

「味付けは？」

「そうさなあ、前の日から塩水に好みの香辛料をぶちこんで漬けとくといいが、その日に塩をふりかけて揉むでもいい。山の料理は簡単なのがいちばんさ」

「いただきます」

文哉は遠慮せず箸をのばした。長めの箸は竹でできている。おそらく手作りだ。

イノシシの肉が「じゅっ」と舌を焦がし、煙の香りと共に甘い脂が口のなかに広がる。その味は懐かしくもあった。

――やっぱりうまい。

舌の上で熱々の肉を転がし、文哉は二度うなずいた。

「早いが、一杯やっか？」

市蔵は返事を待たずに家から一升瓶を提げてきた。

文哉は荷物から上着を出し、土産に持参した自家製のカマスの干物を手渡した。自分で釣ったものではなく、漁師の秀次からのいただきものだ。

「干物にしても、つくり方は昔から変わらねえよな。そのものの味がするだんべ」

市蔵はうれしそうな顔をした。

軽トラックで着いて挨拶をするなり、そのまま二人で焚き火を囲んでの歓談に移った。市蔵は数日前に罠で捕ったというイノシシの燻製づくりの最中《さいちゅう》だった。文哉はまだ家の敷居さえまたいでいない。

「そういえば、初めて会ったのも猟の解禁日でしたね？」

文哉は思い出した。

「早いもんだのう。あれからもう一年か」

「でも、今日が解禁日ですよね？」

「まあ、解禁とは言っても、最近は害獣駆除の名目で一年中、罠かけてるようなもんさ。昔は解禁日には仲間と集まったもんだが、おいらはもう一線を退いたんでな。ひとり猟師は気楽なもんさ」

二つの湯呑み茶碗《ちゃわん》に日本酒が注《つ》がれた。

「こっちも多いんですか？」

「ああ、イノシシだけじゃないがな」

多くを語らず、市蔵は小さくうなずいた。

このあたりは、南房総の内陸部と比べても、さらに山深いのは一目瞭然だ。去年、幸吉のビワ山で初めて会った際、市蔵が鈴を身につけていたのは、おそらくこちらの山での習慣なのだろう。

「できたての燻製もわるくねえだろ？」

「やわらかくてうまいです」

「冷めてもまた火であぶればいいんさ、うめえぞ」

「でしょうね」

文哉は唇の端についた脂を舌先で舐めた。不思議なくらいさらっとしている。

市蔵は、なぜここへ文哉が来たのか尋ねようとしない。

もちろん気遣いであることはわかっていた。

幸吉の葬儀の前日、市蔵を家に泊めた際は、文哉は塞ぎ込んでいた。市蔵の問いかけにさえ、口が重たく、ろくに答えなかった。それなのに市蔵は、山から帰ったばかりで疲れてもいるだろうに、快く文哉の相手をしてくれた。

「市蔵さん、突然で申し訳ないんですが、今晩、泊めてもらえないでしょうか？」

「ああ」

市蔵はうなずいた。

少し間を置いてから、「好きなだけおればいい」とつけ加えた。

その言葉に文哉は目頭が熱くなった。

熾火のようにあたたかな声だった。

市蔵とは、ビワ山で偶然出会い、数日間共に過ごしたにすぎない。彰男の父、忠男が〝デイガクデ〟と地元で呼ばれる大物のイノシシにやられ、狩猟免許を持つ和海が仕掛けた罠の見まわりに文哉がビワ山へ入ったときのことだ。市蔵は、幸吉から〝デイガクデ〟の噂を聞いたらしく、はるばる群馬の山奥から以前暮らしていた南房総を訪れていた。市蔵は、文哉が初めて知り合った猟師だった。

後日、市蔵からイノシシが罠に掛かったと連絡をもらい、捕獲の現場を目の当たりにした。〝デイガクデ〟ではなかったけれど、イノシシを生け捕りにする手腕は、市蔵の猟師としての長い経験と彼なりの哲学を強く感じさせた。そして、命を頂戴すること、食うことの意味を教えてくれた。

濃厚な時間とはいえ、数日にすぎない。それでも市蔵を信頼できるのは、共通の知人、幸吉の存在が大きい。人と人との関係は、過ごした時間の長さや会った回数で決まるのではない。

「じつはおれ、これからのことを考えようと思って」

文哉は自分から切り出した。

「――そうか」

「なんていうか、迷っていることなんかもあって」

文哉は相談する相手に市蔵を選び、ここへやって来た。

「幸吉つぁんが生きておればなあ」

見抜いたように市蔵がつぶやいた。

黒く燻された燻製用の鍋を焚き火から下ろすと、市蔵が焼網にカマスの干物を並べた。

「うまそうだのう」

「市場に出さないものらしく、型は小さいんですけど」

「いや、カマスはこれくらいがうまいんさ」

「ですよね」

「なんでも大きいのがいいわけじゃねえ」

小柄な市蔵が笑い、「そんで、幸吉つぁんの家やら土地はどうなった?」と口にし、湯呑み茶碗の酒をごくりとやった。

「――あのままです」

「そうか。そんなこったろうと思ったよ」

市蔵は小さく笑った。「まあ、遠いところよく来てくれた。ゆっくりしてくれ」

「ありがとうございます」

足もとの熾火を見つめながら文哉はうなずいた。

あたりはすでに薄暗く、山のほうから夜の帳《とばり》が下りてきた。

24

泊めてもらった市蔵の二階建ての家は、リフォームされているせいか思いのほかこぎれいで古さを感じさせなかった。玄関を入ると土間になっているものの、居間に囲炉裏が切ってあり、天井から自在鉤《じざいかぎ》が吊《つる》されている、などという古民家ではない。

一階に和室が一部屋あるだけで、ほかは洋室。リビングにはテレビの前にクリーム色のソファーがある。水道も電気も通っているし、プロパンガスも設置されている。

「昔はよ、薪で風呂を沸かしたもんだがな。薪で沸かした湯はからだの芯まで温まってよ、いいもんだった。まあ、時代の波には勝てねえよ」

市蔵は、ユニットバスの浴室から出てきた文哉に笑いかけた。

台風の際、幸吉がビワ山の家の離れにある五右衛門風呂を沸かしてくれたのを文哉は思い出した。そういえばあのとき、風呂から出たあとも、しばらくからだがポカポカしていた。

街とあまり変わらない家のなかで、市蔵は薪ストーブを使い続けていた。それにトイレだけは、文哉の家と同じ簡易水洗式のぼっとん便所で、便座に腰かけるとなぜかほっとした。

「市蔵さん、この家にひとりで住んでるんですか？」

朝食の際、文哉は尋ねてみた。

「みんな出てったさ」

食卓に座った市蔵は短く返した。

出てったと言うからには、以前はいたことになる。死別したわけではないのだろう。考えてみれば、市蔵個人についてはよく知らない。幸吉の話では、たしか、奥さんの出身である南房総で暮らしていたとか――。

「かみさんなら、南房総の実家に帰ったままさ」

市蔵はそれだけ口にした。

昨夜、文哉は風呂から出ると、一階の客間のベッドで早めに眠りについてしまった。日本酒を飲んだせいもあったが、なにより無事に市蔵と再会でき、ほっとしていた。市蔵もまた、早くから鼾《いびき》をかいていた。

「今日は、山へでも行くか？」

市蔵の誘い言葉に、「いいですね」と文哉は応じた。

朝飯は白米に青菜のおひたし、昨夜いただいたキノコ汁の残りにベーコンエッグ。と思ったら、半熟の目玉焼きに添えられているのは、燻製のイノシシ肉を刻んだものだった。自らの脂でカリカリに揚がっていて、たまらなくうまい。保存性の高まる燻製にすれば、こういう利用の仕方もあるわけだ。パッケージの裏に添加物がいろいろと表示されている市販のベーコンとは、明らかに味の深みがちがう。

「たしかに熱を加えると、イノシシの燻製肉、うまくなりますね」

「だろ」という表情で市蔵がうなずく。

「燻製にしたら、どれくらい保つんですかね？」

文哉は青菜のおひたしに箸をのばした。青菜は畑で間引きした小松菜らしく、色が濃く、苦みがない。

「さあ、どうかな。店で売ってる商品みてえに、日付が決まってるわけじゃねえからな」

「それって、賞味期限とか、消費期限のことですよね？」

「ありゃあ、どうちがうんだ？」

「たしか、賞味期限は、『品質が変わらずにおいしく食べられる期限』で、消費期限は『安全に食べられる期限』かと思います」

「昔はそんなもん付いてなかったんじゃねえか？」

「かもしれませんね」

「今もそんな表示、ねえもんもあるよな？」

「そうですね。野菜なんかが」

「じゃあ、食えるか食えねえか、どうやって判断する？」

「買ってからどれくらい経ったか、ですかね？」

「今はそういう人が増えたんだろうな」

市蔵は目玉焼きを茶碗のご飯の上にのせ、醬油をぐるぐるとかけた。

「市蔵さんなら？」

「おいらは、買ったものの賞味期限も消費期限も見ねえよ」

「え？　どうしてですか？」

「そんなもん、信じてねえから。どうせ、だれかの都合で付けたもんさ。たとえば、このキノコ汁に入ってるヒラタケはよ、山からおいらが採ってきたもんさ。そもそも食べられるか食べられないか、キノコに書いてあるわけじゃねえ。いつまで食べられるかもな。山に生えてるキノコは包装なんてされてねえんさ」

「まあ、もちろん」

「まず、食えっか食えねえかは、自分の目でよく見て、触ってみてよ、においを嗅《か》ぐ。心配ならちいと試してみるなりして、自分で判断するしかねえのさ」

「――たしかに」

「燻製にしたイノシシがどれくらい保つかも同じことなんさ。保存の仕方や季節なんかで変わりもする」

「そうですね。賞味期限や消費期限といった与えられた情報だけを鵜呑《うの》みにしてたら、そういった経験は得られないってわけですね？」

「忘れちまうんじゃねえの？」

市蔵は断定せず、目玉焼きをかきまぜた飯をうまそうに食らった。

なにげない市蔵との会話だったが、そこには文哉が知りたかった田舎で生きるヒントが隠されている気がした。

文哉は席を立ち、ご飯をおかわりした。

朝からこんなに食べるのはひさしぶりだ。

25

朝食後、表に出て畑を眺めた。天気はよく、空気が澄んでいる。潮の香りではなく、山のにおいがした。

畑は三段になっているが、一枚一枚はそれほど広くない。猟師である市蔵が、いったいどうやってここで生計を立てているのか気になった。もちろん年齢からすれば年金もうっているだろうが――。

「自然薯掘り、したことあるか？」

後ろから市蔵が声をかけてきた。

「自然薯って、ヤマイモですよね？　ないですけど」

「行ってみっか」

「――ええ」

文哉の返事は小さくなった。

てっきり、イノシシの罠猟に連れていってもらえると思ったからで、少々拍子抜けしてしまった。

「南房総にも自然薯はあるんさ。ビワ山にもあるはずなんだがな」

「自然薯って、どんなイモですか？」

「食ったことねえか？」

「スーパーにも売っているナガイモとか、大和イモとか、あれとはちがうんですか？」

「畑でできるもんとはべつもんだわな。おいらも詳しかねえが、山で採った天然物には高値がつくって話だ」

「そんなにちがいますか？」

「幸吉つぁんの野菜づくりは知ってんだろ？」

「ええ、自分でも真似してましたから」

「あん人は、こっちに来てたまげたのさ。野菜の味がちがうってな」

「ほんとですか？」

「ああ、何度かここへ足を運んだ」

「そうだったんですね」

「まあ、ちがいについては、自分の舌でたしかめるしかねえだろ」

市蔵は家に隣接した納屋へ向かうと、スコップや鎌などの道具を持ってきた。

「それから、こっちの山と向こうの山との大きなちがい、わかるか？」

「南房総とこっちの山のちがいですか？」

文哉は少し考えてから答えた。「やっぱ、高さですかね？」

「まあ、それもあるが、山に入る準備はしてきたか？」

「はい、自分なりには」

文哉は着替えをすませ、ベルトをまわして腰袋を身につけた。腰袋には、手鋸《てのこ》や手袋、麻紐、レジ袋などが入っている。幸吉の家の土蔵で見つけた鉈《なた》は、腰袋とは別に、ベルトに通した自作の鞘《さや》に差してある。

「じゃあ、こいつをつけな」

渡されたのは、よく響く真鍮《しんちゅう》製の鈴だ。

「熊がいるんですね？」

「ああ。昨日も防災無線の放送があったな。少し下の廃校になった小学校の近くさ」

「ここからどれくらいの距離ですか？」

「二キロくらいかな」

「かなり近いじゃないですか」

文哉は背中がぞわりとした。

南房総にはイノシシやシカやサルはいるが、熊は生息していない。もちろん、イノシシなどによる人身被害があるにはあるが、自分の入る山に熊がいるかいないかは、リスクの面で大きなちがいがありそうだ。さっき市蔵が言っていたのは、このことなのだと思い至った。

「山に入る際はな、必ずおいらは武器を持ってく。この鉈さ。生きて帰れるか、帰れないか、大きなちがいがでるらしいからよ」

市蔵が言うのは、つまり獣に遭遇した際の生存率のことだ。そういった準備や覚悟がここでは必要になるのだろう。

「――さあ、行くべ」

市蔵が言い、文哉は軽トラックの荷台に道具を積み込んだ。

26

こちらに到着してから、文哉はマスクを外している。というのも、幸吉もイトさんもマスクはしていなかったからだ。人口密度が低い過疎化の進む地域のため、コロナの感染者数がそれほど多くないからなのか、あるいは外出時に人と会う機会が少ないせいか。

南房総でも高齢者にはそういった傾向がある。もちろん、感染予防上ほめられた話ではないが、あらためて都会における人の多さを感じずにはいられなかった。

二人を乗せた軽トラックは、なんとか車一台が通れる未舗装の林道をゆっくり走っていく。後続車も対向車も現れない。すでに民家は見当たらず、砂防堰堤《えんてい》をいくつか通り過ぎた。

右手には渓谷、左手には雑木の森が続く。聞けば、源流に近いこのあたりには岩魚《いわな》やヤマメがいるという。文哉が暮らす房総半島には熊と同じく、それらの渓流魚も生息していないはずだ。同じ関東でありながら生態系がずいぶん異なっている。

ハンドルを握りながら市蔵はなにかをさがしていた。

しばらくして、少し開けた場所で軽トラックを停めた。

「なにをさがしてたんですか？」

尋ねると、「ツルさ」と市蔵が答えた。

「ツル？」

頭に浮かんだのは、凪子のせつなそうな表情と「山でツルを採ってきてほしい」と頼む、か細い声だった。

「ツルって植物の？」

「ああ、自然薯のツルさ。ほしいのは、その先の太くなった根っこだかんな」

「自然薯って、ツル植物なんですか？」

「おお、あったぞ」

市蔵は答えずにがに股で斜面を登ると、そのまま雑木の藪《やぶ》のなかを漕いでいく。その身の軽さは、とても七十代とは思えない。この日のためにミドルカットのトレッキングシューズを奮発した文哉だったが、ありふれた黒い長靴履きの市蔵に追いつくのがやっとだ。おまけに蜘蛛の巣をまともに顔にかぶった。

林道から十メートルほど奥へ入った場所で市蔵が立ち止まっていた。

「――こいつがそうさ」

指さしたのは、黄色く色づいた縦長のハート形の葉。大きさは六、七センチくらい。ツルは落ち葉の堆積した地面からのび、灌木《かんぼく》に巻きついているものの頼りないくらい細い。林道からこの葉を目視できたとは信じがたかった。それに、このツルの根が、食べられるほどの太さがあるとは想像できない。

「じゃあ、これもそうですよね？」

文哉は近くによく似ている黄色い葉を見つけた。

「いや、そりゃあちがう」

市蔵は即答した。

よく見分けられると感心してしまう。目がよいだけでなく、やはり経験によるものだろうか。市蔵の話では、ツル植物である自然薯自体はそうめずらしいものではないらしい。どこにでも生えているという。

南房総の海に潜った際、最初のうちは、文哉の目には限られた生物しか認識できなかった。何度も潜水をくり返すうちに、不思議なことに今ではサザエやアワビを目にするようになった。こんなにいたのかと驚くくらいだ。

山でも同じことが言えるのかもしれない。市蔵には見えても、今の文哉には見えない、というふうに。

「さて、掘ってみっか」

市蔵が落ち葉を払いよけ、周囲の藪を鎌で切り拓きはじめた。

「掘りましょう」

文哉は軽トラックにスコップなどの道具をとりにもどった。

27

自然薯のツルの位置から約三十センチ離れた地点から掘りはじめ、どれくらい時間が経っただろうか、直径五十センチほどの穴が開き、根とは異なる白く肥大したイモが埋まったまま姿を現した。

「こいつ、けっこう長そうですね」

文哉は声に笑いを含ませた。

腹ばいになった市蔵が握ったスコップでさらに掘っていく。

文哉は腕をのばし、ステンレスのボウルで底に溜まった土を掻き出していく。穴が深くなると、スコップで土をすくうのはむずかしくなり、ボウルがとても役に立つ。専用のスコップが市販されているらしいが、収穫時期が猟期と重なる自然薯掘りにそこまで市蔵が熱を入れることはなかったようだ。

周囲には木立が生い茂り、思った以上に作業がしにくい。さまざまな植物が根を張る地面を深く掘るのはどうしても時間がかかる。交代しながら二人で掘り進んだ。

「どうだい？　てえへんなもんだろ？」

額に汗を浮かべ、市蔵がふーっと息を吐く。

「そうですね。思った以上に」

文哉はすでに土まみれだ。

自然薯が高値で取引されるのもうなずける。

「大の大人が自然薯一本のために、そう言って笑うやつもいるんさ」

「へえー、そうなんですか。けど、おれは楽しいです」

文哉は口元をゆるめた。

「そうかい？」

「それに、うまいんでしょ？　買えば高いって話だし、自分で掘れば無料《タダ》なんですもんね」

市蔵の話では、だれかの山だろうが、掘った穴の始末さえきちんとしておけばこの辺で文句を言う者はいないという。そもそも山には獣はいても人はいない。登山道が整備された類いの名のある山とはわけがちがう。

「海だとこうはいかないですもんね。サザエやアワビを見つけたって、指をくわえて眺めるしかない」

「まあな」

市蔵は相づちを打つと、「コイツは曲者《くせもの》だのう」とつぶやいた。

掘り進むと、自然薯の根は木の根のあいだを縫うようにのびている。根土を慎重に落としながら、再び掘り進む。

「代わりましょうか？」

「ああ、ちいとばかしくたびれた。もう少しだのう。せっかくだから、折らねえようにな」

「わかりました」

文哉は腹ばいのままスコップを受け取った。

穴に顔をつっこむと、地上よりもひんやりしている。土のにおいが強くなった気がした。

林道を挟んだ沢のほうから風が吹いてくる。

カサカサと落ち葉が転がる音がする。

遠くでトンビが鳴いている。

まるで南房総のビワ山にいるような錯覚を覚えた。

「そういえば市蔵さん、初めて山で会ったとき、言ってましたよね？」

手を休めずに文哉が沈黙を破った。

「ん？　なにを？」

「幸吉さんは、ビワ山を手放す気かもしれないって」

文哉はここへ来て初めて、幸吉の名を口にした。

「言ったかな？」

「ええ、言ってました」

「そりゃあ、後継ぎがいないと幸吉つぁんが嘆いとったからだろう。東京にいる息子は農家を継がないと言ってたのう」

市蔵が落ち葉の上に腰をおろした。

文哉は粘土質に変わった穴の表面を慎重にスコップの剣先で削っていく。肥大した根から、ひげ根がのびているのが見える。

「じつはおれ、あの日、会いに行ったんです」

「──あの日？」

「ええ、幸吉さんに最後に会った日です」

市蔵はしばらく黙ったあと、重たげに口を開いた。

「たしか、ビワ畑で倒れているのを見つけたのは、あんただよな？」

「ええ、そうです。朝、イノシシの罠の見まわりをしたあと、幸吉さんの家に向かったんです」

「──そうだったか」

「おれ、ようやく決心がついて、そのことを伝えようと思って」

「決心？」

「幸吉さんと一緒にビワをやることです」

文哉はそう口にした。

「――ビワをな」

「幸吉さんの家の二階を間借りしようと思ってました。前に泊めてもらって、遠くに海が見えたんで」

「ほう、なるほど」

「玄関で声をかけずに畑に向かいました。幸吉さん、いつも畑にいたんで。ビワの花のにおいが漂ってました。十二月だっていうのに、ミツバチがたくさん飛んでて――」

文哉はそこまで言うと、ふーと息を吐いた。

文哉の脳裏にあの日の情景が浮かんだ。

ビワの老木の下にいつも幸吉が使っている脚立が見えた。根もとには傷だらけの水筒が置いてある。

白い花をたくさんつけたビワの枝の下をくぐって、文哉は脚立の側《そば》にたどり着いた。

見上げると、脚立の上に幸吉の姿はなかった。

ミツバチが鼻先をかすめて山のほうへ飛んでいく。

あの忌まわしい台風が来襲したときと同じだった。ミツバチの羽音が「うわーん」と大きく響いた。脚立の上には、雲ひとつない青空が広がっていた。

白い花が咲き乱れるビワ畑の日だまりに、幸吉が仰向けに倒れていた。まるで眠ってでもいるように。右手には、ビワの枝を引き寄せるための、先が鉤状になった木の枝でつくった道具が握られていた。

「幸吉さん！」

叫ぶのと同時に、両目を見開いた。

膝からくずおれた文哉は、地面に手をついて幸吉の顔をのぞきこんだ。

ビワの白い花が咲いていた。

すると、幸吉の右手が微かに動いた。

そして、まぶたが薄く開いた。

「——だれだ？」

乾いた唇が震えた。

「幸吉さん？」

「──ん？」

薄く開いたまぶたから覗《のぞ》く幸吉の眼《め》は、これまで見たことのない色をしていた。虹彩の部分が夏の海のように青くきらめいていた。

幸吉の身に現れた重篤な異変に、文哉はおののき、目に溜まった涙を袖口で拭った。

日に焼け、しわに覆われた顔の焦点の合っていない瞳に、冬の空が映っている。

「文哉です」

答えると同時に嗚咽《おえつ》を漏らした。

「あじした？　あに、べそかいとる？」

「幸吉さん、おれ──」

言葉に詰まった。

「──ん？」

「おれ、幸吉さんと一緒にビワをやります。やらせてください」

真っ先に自分の思いを口にした。

幸吉の口元が微かにゆるんだように見えた。

と同時に、まぶたが静かに閉じていく。

「幸吉さん！」

「──おいねえのよ」

か細い声がした。

それは地元言葉で「うまくない」「まずい」を意味した。

「なに言ってんですか。やりましょうよ、一緒に」

「――あんがとな。わりぃな。すまなかった」

すべてを受け容れたような穏やかな声だった。

「なにがですか？」

問いかけるが返事がない。

「病院に行きましょう」

文哉が立ち上がろうとしたとき、文哉の腕を幸吉の手がつかんだ。思いがけず強い力だった。

「――いいか、文哉」

しぼりだすような声だった。

「はい？」

文哉は耳を近づけた。

「自分の土地を持て」

「え？」

「土地さえありゃあ食っていける」

「土地って、畑のことですか?」

「大事なのは、土さ」

幸吉はくり返した。「自分の土地を持て」」

「わかりました。だからもうしゃべらないで……。

文哉の頬に涙が伝った。

「土地さえ、ありゃあ……」

目を閉じたままの幸吉がつぶやいた。

「幸吉さん、もういいから、わかったから」

文哉は涙と洟《はな》を垂れながら懇願した。

「――あきらめんな」

「幸吉さん!」

叫んだとき、幸吉の喉仏がごぶりと動き、唇がへの字にゆがんだ。紫色の唇の両端に白く泡が浮いている。

そして、目尻から涙がひとしずく、生きた年の分だけ深く刻まれたしわを伝って流れた。

いや、それは涙ではなく、老農夫の最後の汗だったのかもしれない。

ビワの白い花が風にゆれていた。

「幸吉さん？」

問いかけても言葉を発しなかった。

28

文哉は焚き火を見つめた。

「じゃあ、幸吉つぁん、そんときはまだしゃべれたんか？」

土を洗い落とした自然薯を軍手で握った市蔵が、熾火に近づけ、ゆっくり回しながらひげ根を焼いていく。

「――ええ」

文哉は短く答えた。

それからのことはよく覚えていない。

救急車を呼ぼうにも圏外のため携帯電話がつながらなかった。つながったとしても狭い農道を入って来られたかどうか。軽トラックの荷台に古い毛布を敷き、幸吉を寝かせて広い通りまで運び、１１９番に電話をした。

「――残念だったなあ」

市蔵がつぶやいた。

その言葉は、幸吉の死を悼んでなのか、山で掘った自然薯を最後の最後に文哉が折ってしまったことについてなのか、判然としなかった。

病院に運ばれた幸吉は、意識がもどらなかったらしい。翌朝、あっけなく逝ってしまった。

その事実を聞かされた文哉に、驚きはなかった。夏の海のように青くきらめく幸吉の眼を見たとき、今生《こんじょう》の別れが近いことを覚悟した。

無力だった。

命あるものは、いつか果てる。

明日があることを、あたりまえに思うな。

そのことを、幸吉はあらためて文哉に突きつけた。

父、芳雄と同じように。

果たしてその意識を持って、自分は日々を生きているだろうか。

「人の命なんてわからんもんだよなあ」

市蔵がつぶやく。

「今でも、よくわからないんです」

文哉はチリチリと焼け焦げる自然薯のひげ根を見つめた。燃える瞬間、線香花火のようにパッと一瞬だけ赤くなる。

「――なにが？」

「幸吉さんの最期の言葉です」

「ん？」

「もしかしたら、おれのことが負担になってたのかなって」

「そんなことねえさ」

「それで、がんばりすぎちゃったんじゃないかって」

「たしかに幸吉つぁんは変わったのう。まさかこの期に及んで、またビワをやると言い出すとは思わんかったさ」

「幸吉さんは、どうしたかったんですかね？」

「んー、それはなあ」

市蔵は短いが重いため息を吐《つ》いた。

「なにか後悔があったんでしょうか？」

文哉は、幸吉の家の柱に貼ってあった、へたくそな字で紙にしたためられた八木重吉の詩を思い出していた。

わたしのまちがいだった
わたしの　まちがいだった

こうして　草にすわれば　それがわかる

「そりゃあ、もちろんあったろう。後悔のねえ人生なんてそうあるもんじゃねえ。自分をよく見せたいがために、『後悔なんてこれっぽっちもない』と言い張るやつもおるだろうがな。でもな、幸吉つぁん、うれしかったんじゃねえか。最期におめえさんに、一緒にビワをやろうって言ってもらえて」

「――そうですかね」

文哉は火を見たまま動かなかった。

「あーね、そうだいね」

「でも、じゃあなんで『わりぃな。すまなかった』なんて、おれに言ったんですかね？」

「ようわからんが、もしかしたら幸吉つぁんは、その前にあきらめちまったのかもしれねえな」

「なにをですか？」

「ビワ山さ」

市蔵はひげ根をきれいに焼き落とした自然薯を文哉に差し出した。

「え？」

「すり鉢で摩《す》るんさ。力こめて急いで摩るんじゃねえ、ゆっくり、やさしくな」

「あ、はい」

文哉は会話を中断し、すり鉢の内側に刻まれた溝に自然薯を押しあて、円を描くように動かした。皮がついたままの肥大した根は、溶けるように白く姿を変えていく。まるで淡雪のように。

丸太の椅子から腰を上げた市蔵が家に入り、食器類を庭に運んできた。

野鳥がさかんに鳴いている。

「あの鳥は？」

試しに文哉が尋ねると、「エゴノキにとまってるやつか、ヤマガラだ。あいつは、エゴノキの硬い実が好きでな」と市蔵はあっさり答えた。

鳥はもちろん、木の名も文哉は知らなかった。

「幸吉さんは、なぜビワ山をあきらめたんですかね？」

文哉は会話をもどした。

「おいらにも、そこんところはよくわからん。あん人は、ビワづくりを一度やめたんさ。おんな・・・おんなしを亡くしてな」

「おんなし？」

「ああ、女衆《おんなしゆう》、奥さんのこった」

市蔵は黒い塗装の剝げた飯ごうを火から下ろし、平べったい石の上にひっくり返した。

「たぶん、心残りがあったんさ」

「それは？」

「ビワをやめてから五年そこら経ってたはずさ。手をかけなけりゃあ、山も畑も荒れちまう。それが自分の土地なら、見るのは辛《つら》いんさ。それもあって、もう一度ビワをやろうと思ったんだろうが、そう簡単にはいかなかったんじゃねえか。果樹ってぇのはよ、季節ごとに畑でつくる野菜なんかとはわけがちがう」

「市蔵さんも農家なんですか？」

文哉は気になっていたことを尋ねた。

「農家の出さ。次男坊だけどな」

「じゃあ、市蔵さんが思うに、ビワ山になにか問題があったと？」

「じゃねえかな」

市蔵は首に巻いた手ぬぐいを外すとうなずいた。「あそこの山のビワの木は、幸吉つぁんやおいらと同じで、年寄りだったろ。幹にキノコが生えてやがったからな。老いれば、どうしたってからだにガタがくる。ビワも老木になりゃあ、同じことさ。虫食いにもやられていただろうし、台風という災難もあった。が、いちばんは、やっぱり一度やめちまったことが大きかったんじゃねえか」

「休耕地にした、ということですか？」

「そうだいね。ここいらでも見かけるが、一度見放された畑をもとにもどすんは、よいじゃねえ」

「大変ってことですよね。わかります。おれも幸吉さんの休耕地を借りて、畑にもどして使わせてもらっていたんで」

「そりゃあ、えらかったのう。けどな、野菜をつくる畑と、ビワ山とはまたちがうんさ。下草刈って、かんませばすむわけじゃねえ。こまめに枝を切らず、放ったらかしておきゃあ、たちまち木は暴れるんさ。果樹を低く仕立てるのは、収穫しやすいようにするための人間の都合なんさ。本来、木ってもんは、太陽の光を求めて上へ上へのびていく。放っておけば、とてもハシゴじゃ手の届かねえ高さになるんさ。そうなりゃあ、人間にとっていろいろとめんどうなことが起きて、収穫もままならねえ。低く切りもどすには、それこそ危険が伴うし、手間暇かけて何年も時間がかかるだろうよ」

「なるほど」

文哉はうなずいた。

市蔵のほうがよほどビワ栽培について、というより自然についての知見が豊富だっ

た
　そもそも幸吉と一緒にビワをやる、と言ったって、文哉は彰男の農場で収穫を手伝ったくらいで、詳しくはなにも知らない。幸吉に一から教えてもらうつもりだった。

　今思えば、畑仕事については、なにからなにまで幸吉に頼りきりだったのだ。

「まあ、おめえさんとしては、がっくりもしただろう？」

　市蔵に問われ、文哉はうなずいた。

「たしかにそうですね。正直、これからってときでしたから」

　木々に囲まれた場所では、なぜか素直になれた。

「そういうもんさ」

　市蔵がつぶやいた。

「幸吉さんに、最期に言われたことを自分なりに考えて、動いてもみたんですけど」

「そりゃあ、土地の話かい？」

「ええ、そうです」

「幸吉つぁんのビワ山や畑を受け継げりゃあな」

「それはむずかしそうでしたし、幸吉さん自身、そうは言ってませんでした。むしろ『すまなかった』という言葉の意味は、そのことのような気もしてるんです」

「そいつはどうかなあ。おそらく、幸吉つぁんは、承知してたんだと思うぜ。息子があの家や畑を継がないことは。このままじゃ自分の代で、農家は終わることを。それもあって、少しでも長く続けるために、ビワをまた自分ではじめたんじゃなかったのかな。できれば、おめえさんと一緒に」

市蔵は顎鬚をしごくようにすると続けた。「昔から農家ってのは、長男があとのことは引き受けるもんさ。おいらのとこもそうだった。そういう意味じゃ、ビワ山や畑を残したい幸吉つぁんとしては、いろいろと迷いもあったんじゃねえか」

「じゃあ、市蔵さんのところも、お兄さんが今も畑を?」

「いや、おいらの兄貴は死んだ」

「畑は?」

「土地も家も、みんな借金のカタにとられた」

「え?」

「さあ、もうよかろう」

市蔵は蒸らしておいた飯ごうのフタを開けた。

湯気と一緒に香ばしい焦げた米のにおいが漂い、急に腹が減った。

「幸吉つぁんとしてみりゃあ、農家の苦労は知り尽くしてたはずさ。息子ですら継がねえものを、おめえさんにやらせるわけにはいかなかったんじゃねえか。ビワ山は荒れてしまったわけだし」

文哉は黙ったまま白く立った米を見つめた。

「で、おめえさん、どうする気だ？」

「自分としては、まだあきらめてはいません。南房総の家の周辺で、幸吉さんに言われた、自分の土地、畑をさがしたんですが、残念ながらうまくいきませんでした」

「おめえさん、あっちの生まれかい？」

「いえ、そういうわけでは」

「そうだんべ？」

「市蔵さん、おれの親父のことご存じですか？」

「いや、知らん」

即答だった。

「ですよね。幸吉さんもつき合いはなかったようですが、もともとは親父が南房総で田舎暮らしをはじめたんです」

「ふうん」

「でも突然亡くなってしまって。おれが大学を出て就職してすぐのことです。いや、会社を辞めたとたんでした」

「それであそこに？」

「ええ、だからあの家は、親父の家だったんです」

「じゃあ、おめえさんにしたら、いきがかり上ってわけか」

「そうですね。あの海が見える家があったからって話です。その田舎で、三年暮らしました」

「ちょっといいか？」

市蔵が小首をひねる。

「なにか？」

「いや、おめえさん、あそこがそんなに田舎だと思うのかい？」

「え？　田舎ですよね？」

「家に泊めてもらったが、あの界隈は立派な別荘が建ち並んでるよな。聞いた話じゃ、そこの管理とやらを仕事にしてんだろ？」

「そうです」

「田舎暮らしにも大きく分けてふた通りあるんじゃねえか。田舎に設けられた別荘地のなかで暮らすのか、それとも実際に田舎の村の住人となって暮らすのか。おそらく、おめえさんの親父さんは、理由は知らんが別荘地のほうを選んだんだろう。幸吉つぁんのビワ山あたりはたしかに辺鄙《へんぴ》なとこだが、そもそもおいらにしてみりゃあ、家が建ち並んでるあのあたりは、立派な町に思えるんだがなあ。このあたりには別荘なんて一軒もないんさ」

「そうですかね？　まあ、たしかにここと比べたら……」

文哉はぐるりと首をまわした。

見えるのは、紅葉で色づいた山並みと青い空だけだ。

野鳥の声が響く、とても閑《しず》かな所だ。

「まあ、ここは田舎というより、山奥かもしれんがな」

市蔵が小さく笑った。

「遅い昼飯になっちまったな。さあ、食いねえ」

市蔵がうっすらお焦げができたご飯をどんぶりによそってくれた。

おかずは、さっき二人で掘ってきた自然薯だけ。無料とはいえ、汗をかいて苦労して得た食料だ。

粘りの強い自然薯を炊きたてのご飯の上に移す。市蔵に倣って醬油をかけ、かきまわしてから、頰ばった。

あたたかな白米を包んだとろろが、口のなかで泳ぐように混ざり合う。鼻腔《びこう》に抜ける野趣あふれる味わいには、たしかに土の香りがした。

豊かな大地の味だ。

幸吉が最期に口にした、大事なものの味がした。

文哉は口に出さなかったが、からだが震えそうなほど感動していた。食べるものに心を揺さぶられるのはひさしぶりのことだ。

黙ったまま、米を嚙《か》み、自然薯をのみこんだ。

土が、自分のからだに入っていくような不思議な感覚を覚えた。

——自分のからだは、食べるものでできている。

だとすれば、まちがいなく土はなくてはならない存在なのだ。

たしかにこの味は、畑でつくられる作物とはどこかちがっている。品種改良され、糖度が高められた類いのものとは、やはり味がちがう。

自然そのものの味がする。

図らずも自然薯は証明してくれていた。

幸吉の野菜づくりがまちがっていないことを。この山で採れた自然薯は、肥料を与えられて育ったわけではない。農薬の世話にもなっていない。それでもこれほど立派に生長し、うまいのだ。だれがなんと言おうと。

自分のからだでそのことを体験した。

自然の恵みの仕組みを、文哉はもっと知りたいと思った。

同時に、幸吉の言葉の重みを感じた。自分の土地を持て、と幸吉が最期にくり返し告げたのは、食うためには、生きるためには、土が大切な役割を果たしていると思い知っていたからなのだ。

そして、気づいた。

――自分の土地を持て。

なにもそれは幸吉のビワ山や畑、あるいは父親が選んだ地に限ったことではないはずだ。

――自分の場所を探せ。

空の上から、二人にそう言われているような気がした。

29

「やっとつながった」

ため息まじりの声が聞こえた。「今、どこよ?」

東京で暮らす大学時代の知人、今は仕事でつながっている都倉からの電話だった。

「ああ、ごめん、ちょっと出先なもんで」

山からもどった文哉は、市蔵の家に到着後、複数回の着信に気づいた。

「出先って?」

「群馬県。長野との県境」

「めずらしいな、緒方《おがた》が県外に出るなんて。山にでも登るつもりか?」

学生時代、山岳サークルのリーダーを務めていた男が笑った。

会社を辞め、定職に就いていない都倉の用件は、彼が営業を引き受け、東京の雑貨屋に卸してくれている凪子によるクラフトに関してだった。仕入れの数量を増やしたいとのこと。売れ行きはわるくないらしい。

「ありがたいけど……」

文哉は少々戸惑った。

「で、そんなとこで、いったいなにやってんだ?」

都倉に問われた。

「今日は山に登った」

「おいおい、ほんとに登ってんのかよ? 谷川岳《たにがわだけ》とかじゃないよな?」

「まさか」

と答え、文哉は続けた。「そんな名の知れた山じゃないさ。名もなき低山だよ、登山道すらない」

「なんでまた?」

都倉の訝《いぶか》しげな声が尋ねた。

「思い出したよ」

「なにを?」

子供の頃、一度だけ、家族で山菜採りに行ったことがある。どちらかというと、それに近いかな」

「でも今は春じゃない」

「わかってきたんだ」と文哉は口にした。

「なにが？」

「いろいろとな」

「なんだよ。もったいぶらず話せよ」

「まあ、説明しづらいんだけど――」

文哉は言葉を選んだ。「――ほら、都倉が去年南房総に初めて来たとき、言ってたろ？」

「なんて？」

「『野菜なんてどれも同じじゃないか。金さえ払えば手に入る』って」

「そんなこと言ったかな？」

「言ってた。あのときおれ、半ばムキになって反論した記憶がある。でも、都倉には野菜を育てた経験がないから、わかるはずないとあきらめた」

「それで？」

「同じように見えるものでも、じつは同じじゃないんだよ」

「あいかわらずまわりくどいな」

都倉の声に笑いがまじる。「てか、昔の緒方にもどったな?」

「昔って?」

「学生時代。いや、幸吉さんが亡くなる前かな」

「え?」

「おまえ、ひどく落ち込んでたもんな。じつは彰男さんも心配して電話をかけてきた。なにか近寄りがたいって」

「そうか、そうだったかもな」

文哉はそのことを認め、先日、山で自然薯を掘った話をした。

「それって、ヤマイモだろ?」

「そうだけど」

「何度も食べたことあるさ。麦とろ飯ってやつだろ。スマホで検索すれば、こっちで食える店はいくらでもある」

「東京にはなんでもそろってるもんな」

「皮肉だな」

都倉の苦笑が漏れる。

「都会で食べるヤマイモが、山で育った本物の自然薯なのか、そこのところはよくわからない。ともかく、掘りあげるのに二時間以上かかった」

「ご苦労なこった」

「そもそも、都倉は自然薯がどんな植物にできるのか知ってるか？」

「知らん」

「だろうな。東京で暮らす者にとって、自然薯の葉やツルの見分け方なんてなんの役にも立たない」

「そっちでは役に立つのか？」

「実際に役に立ったさ。掘った自然薯を食べてみて、いろんなことを感じた。食べることで、腹を満たすだけでなく、大げさに言えば、自分の世界が広がった気がしたんだ」

「へえー」

感心を装う声がした。

「都倉ってさ、植物の名前をどのくらい知ってる？」

「おれは山好きだったけど、高山植物なんかにはそれほど興味なかったからな。一般的な知識ていどかな」

「たとえば、葉っぱや樹皮なんかを見て、名前がわかるか？」

「え？　桜やイチョウ、白樺《しらかば》くらいならわかるさ」

「おれもそうだ。よくは知らない。でも知っていれば、それはそれで人生がおもしろくなるんじゃないかな？」

「なんだよ、それ？　自然を身近に生きてるからこそ、身につく知識だろ」

「そう、その通りだよ。都会で生きてる者は、別の知識を身につけていく。たとえば、地下鉄の駅の名前や、色のちがいによる鉄道車両の見分け方、スカイツリーの高さなんかをね」

「なんかバカにしてないか？」

「いや。生きる環境で、人は身につくものが変わってくる」

「まあ、あたりまえっちゃ、あたりまえの話だろ」

「でもさ、それって、自分を変える方法のひとつじゃないか？」

「まあな。否定はしない」

都倉が小さくため息をつく。「で、結局、なにがわかった？」

「初めに言ったけど、たぶんそれは、言葉では伝えにくい。なんていうか、感性に関わることだと思うんだ」

「それって、センスって話か？」

「センスか。そうだな、そう言い換えてもいい」

「都会で生きるためにだって、センスは必要さ」

ーたよな。そこで苦労する人間も少なくない。おれもそうだったかも」

文哉は小さくうなずいた。「でもおれが求めているセンスっていうのは、たぶん、なんていうか、もっと根源的な感覚だと思うんだ。もともと人類に備わっていたというか」

「言葉にできないくらいだから、そうなんだろ」

「感覚って話なら、味覚についてもそうだ」

文哉は話を続けた。「都倉は、野菜はどれも同じに感じるんだろ？」

「まあな。鮮度のちがいくらいはあるだろうけど」

「たぶんそれは、同じような育ち方の野菜ばかり食べ続けてるからさ」

「どういう意味？」

「こっちに来ておばあさんに道を尋ねたとき、泥のついた里芋をもらったんだ」

「おいおい、見ず知らずの人から食べ物なんてもらうなよ」

「おもしろいよな。都会ならそういう感覚だよな？」

文哉は思わず笑った。

「なに言ってる。それが身を守る感覚でもある」

「でね、その里芋で煮っころがしをつくって食べたんだけど、驚いた」

「なにに？」

「掘りたてのせいか、ねっとりしてるんだよ」

「里芋って、そういうもんだろ」

「いや、ちがう。あきらかに粘度がちがうんだって。それにどっしりしてる。繊維の密度が高いのかな、それでいて滑らかで、味が濃いんだ。うまいのなんのって、こんなにちがうもんかと笑っちゃったくらいさ。だから言っただろ。同じように見えるものでも、じつは同じじゃないんだよ。今は根拠がはっきりしない。うまく説明する自信もない。ただ、それはまちがいない」

「話聞いてると、たしかにうまそうだけど、自分で食ってみなきゃ信じられないよ。それに品種改良されたものかもしれないし」

「その通りだよ。そういうものを食うべきだよ。けど、その里芋は、『土垂』っていう、昔ながらの品種らしい」

「『どだれ』？　里芋の名前なんて意識したこともなかったよ。まあ、機会があったらな」

都倉は食に関して、あいかわらず無頓着な様子だ。

「話は変わるけどさ、田舎の平均年収は、都会の半分くらいにすぎないわけだろ？」

文哉は話を終わらせなかった。

「ああ、おれが言ったんだよな―

ってか、おれもじつは昔、不思議に思ったことがある。こんな田舎に家がぽつんと建ってるけど、どうやって生計を立ててるんだろうって。都倉は不思議に思ったことないか？」

「どうかな、正直興味なかったかも」

「その答えが見つかりつつある気がするんだ」

文哉の声が大きくなった。「それを、幸吉さんが教えてくれた気がする」

「え？　そこで幸吉さんが出てくるわけ？」

「うん、そうなんだ」

文哉は、庭の玉切りにされた丸太に腰かけ、遠くに見える低い山の端をなぞるようにして視線を動かした。東の空にはかたちのよい月が浮かんでいる。

「やけに楽しそうだな？」

「ああ、おもしろいよ」

躊躇なく答えた。

「おまえはいつも、おれにとってうらやましい存在かもな」

「そんなことないだろ」

「――なあ、文哉」

都倉が名前で呼んだ。「で、いつこっちに帰ってくるんだ？　凪子さんの商品が品切れしてる。もう少し安定供給を目指せないか？」

「量産ってことなら、無理な話だ」

「せっかく売れてきて、注文がきてるんだぞ」

都倉の声に苛立ちがにじんだ。

「そうか、わかった」

文哉は争うことを避け、「帰ったら、とりあえず相談してみるよ」と答えた。

「ああ、頼んだぞ。で、帰る予定は？」

「そろそろだな。帰ったら話そうと思ってたんだけど、じつは相談があるんだ」

「え？　なに？」

「いろいろと考えたんだけど、会社をたたもうと思う」

「株式会社南房総リゾートサービスをやめるって言うのか？」

都倉が呆れたような口調になる。「はじめたばかりじゃないか」

「うん、悩んだけどそうするつもり」

「マジか？」

「まだ、相談しなくちゃならない人や案件が残ってるけどな」

「だいたいさ、おまえ、なんで株式会社なんかにしたんだよ？　おれとちがって、おまえは利益を追求するってタイプじゃないだろ」

「考えが浅かった」

文哉は潔く認めた。

「まったくさあ、なんなんだよ」

都倉は声を落とした。「わかった、帰ったら話そう。ともかく、おまえが昔の文哉にもどってよかったよ」

「持つべきものは友だちだな？」

文哉が言うと、「思ってもいないくせに」と答え、都倉は通話を終えた。

30

「あんまり無理しなさんな」

市蔵に言われたものの、文哉は斧《おの》を使った薪割りを続けた。

庭で腰かけ代わりに使っていた傷だらけの玉切りにされた丸太は、じつは薪割りに使う台だったのだ。市蔵の家にはプロパンガスが設置されているが、薪ストーブを使い続けている。煮炊きに便利で、冬の燃料代を節約できるという理由を挙げたが、こんなことも口にした。

「薪ストーブにヤカンを載せるだろ。その部屋だけじゃなく、家中を暖かくしてくれるんさ。石油ストーブやエアコンでも部屋を暖めることはできる。けども、ぬくさがちがうんさ。おいらが思うに、暖かさにもいろいろあるんじゃねえか」

日暮れ頃から火を入れ、朝までそのままつけておく薪ストーブはたしかに暖かった。スイッチで動作させるわけではなく、火入れには手間がかかるが、うまく薪に火がまわれば、あとはたまに薪を補充し、放っておけばいい。

市蔵が言うように、そのぬくもりはじんわりと心地よく感じられた。文哉もぜひ使ってみたいと思ったが、果たして住宅事情が許すのかどうか。その点から考えても、文哉が南房総で暮らしているエリアは町に近いのかもしれなかった。

玉切りにされたスギを台に載せ、革手袋をはめた文哉は斧を振るった。斧を使うのも、薪を割るのも初めてで、最初はうまくいかなかった。目測を誤って、斧の刃でなく柄を丸太にぶつけてしまったりもした。ようやく少しずつ慣れてきた。

「金持ちってのはよ、薪にもこだわるらしい」

離れた場所で剣鉈の刃を調べている市蔵が言った。

「というのは?」

「薪ストーブには、ナラやクヌギがよくて、スギはだめなんだと」

「これって、スギですよね?」

「ああ」

市蔵はうなずいた。「たしかに、ナラやクヌギといった広葉樹は、針葉樹のスギなんかに比べて火保《ひも》ちがいいんさ。おまけに針葉樹はヤニを多く含んでるもんで、煙突にススがつきやすい」

「なるほど。同じ薪でもちがうんですね」

「けどもよ、火は点《つ》きやすいんさ。焚きつけにはもってこいだ」

つまり薪にも個性があるのだと文哉は理解した。

「火保ちがわるけりゃあ、くべればいいんさ。煙突にススがついたら、掃除すりゃあええ。それがめんどうなんかな。やっぱり時間が惜しいのかのう」

「そういう時間を楽しむ余裕が、ないのかもしれませんね」

文哉は次の丸太に手をのばした。

「こないだ、薪屋のやつが嘆いてた」

「薪屋？　こっちには薪を売る人がいるんですね？」

「軽トラックの荷台に一杯積んでいくらって商売さ」

「へえー」

「おいらは薪なんて買ったことは一度もねえが、金持ちは薪を集める方法も知らんし、時間もねえから薪を買うんさ。別荘に住んでるそういう人間は、自分で試しもしねえで、どっかに書かれた常識ってのを鵜呑みにするんだろうよ。そんで、薪屋に注文をつける。ナラやクヌギじゃなきゃだめだと。そればかりか、薪が汚いと文句をつけるらしい。金持ちってのは、薪を置物みたいに飾るらしいな」

「ああ、なるほど。でも、なんとなくその気持ちはわかりますけどね」

文哉は別荘管理を引き受けている寺島の顔を思い浮かべた。しばらく会っていない永井《ながい》さんのことが気になった。

「どうせ燃すんだろ、って薪屋が笑ってやがった」

市蔵は口元をゆるめながら、剣鉈を砥石《といし》で丁寧に研いでいる。

「不思議といえば、不思議ですよね」

「ああ、わけがわからん。まあ、薪ストーブっていっても、いろいろあるんさ。別荘に据え置くような何十万もする値段の張る鋳物製のストーブは、それこそ薪を選ぶんだろうよ。おいらん家《ち》のは、うんと安い昔ながらの鉄板製のダルマストーブだからな」

「たしかに薪ストーブって聞くと、おれなんかも贅沢《ぜいたく》なイメージが強いかもしれませんね。別荘のインテリアの一部みたいなところもあるし、憧れる人もいるのかも」

「みてえだな。昔はこのあたりの家は、みんな薪を使うダルマストーブだったけどな。今の薪ストーブは、薪を買うから高くつくって話さ。それこそ笑い話よ」

しゃがれた笑い声が聞こえた。

「ところで市蔵さんは、どうやって薪にする木を手に入れてるんですか？」

額に汗を浮かべた文哉は手を休めた。

「まあ、いろんな手があるんさ。手っ取り早いのは山から薪にする木を下ろしてくりゃええ。ここらあたりの山も、戦後の高度経済成長期に植林されたスギがかなり多い。スギは生長が早く、まっすぐに伸びるからよ。けども、家を建てる安い輸入材や加工材に押されて、今じゃ花粉症の原因だって嫌われもの扱いさ。放置されたスギの山っていうのも、言ってみりゃあ休耕地や耕作放棄地と同じなんさ。おいらはその嫌われ者のスギを活《い》かしてやってるってわけだ」

「いろいろとつながってるんですね」

「もったいねえもんな」

市蔵はつぶやいた。

「ですよね」

鼻から息を吸い、斧を上段に構えた文哉は、斧の刃の重さを利用して振り下ろした。

「カツン！」といい音がして、スギが真っ二つに割れた。

その木肌のなまめかしい色合いは、夏に見た水着姿の凪子の二の腕を思い出させた。

「市蔵さんの薪ストーブは、設置にどれくらい費用がかかったんですか？」

文哉は妄想を打ち消すようにして尋ねた。

「ウチのかい？　ストーブと煙突なんか合わせて、一万円くらいじゃねえか」

「意外と安いんですね。でも、施工費とかは？」

「なーに、みんな自分でやるんさ」

「けど、煙突を通すわけでしょ？」

「壁に穴を開けるなんて、わけない」

「そうか……、そうですよね」

文哉は周囲に散らばった薪を拾い集めた。「そういう感覚は、都会の人にはないと思います」

水洗トイレが詰まって業者に頼み、五万円を手渡す美晴の姿が浮かんだ。もちろん、賃貸住宅であれば、壁に穴を開けることなど許されない。

「──かもな。なんでもよ、自分が使う道具ってのは、自分でいじれるもんが、いちばんいいんさ」

「自分でいじれる？」

「直せなきゃ、だれかの手を借りることになるだろ」

「なるほど、たしかにそうかもしれませんね」

「家だって同じだいね。見栄《みえ》張ると金ばかり食って、ろくなことねぇ」

「そういうことですね」

「その道具を上手に使いこなせるかどうか、そこが肝心なんさ」

うなずきながら文哉は作業を続けた。

「そういやあ、おめえさん、軽井沢にいぐんだろ?」

市蔵が思い出したように尋ねた。

「ここからだと、そんなに遠くないですよね?」

「おう、峠を越えねばならんがな」

市蔵が腰を上げ、納屋のほうへ向かおうとした。

「――市蔵さん」

「ん?」

「ひとつ頼みがあるんですけど」

「なにさ?」

「ツルを持ち帰りたいんですよ」

「ツル?」

「ええ、植物のツルです」

「ツルったって、それこそいろいろあるんさ。自然薯だってツルだし、そこいらに生えてるクズだってツルさ」

「――じつは」

文哉は、クラフトづくりをしている知り合いから頼まれたことを明かした。

「じゃあ、そん人は、ツルでなにかこさえる気か？」

「だと思うんです」

「そん人、ばあさんかい？」

「いえ、ちがいます。どうしてですか？」

文哉は戸惑いつつ尋ねた。

「いや、昔、おいらのおばあが、ツルでつくった籠を使ってた」

「籠ですか？　そこらへんは、詳しくは聞いてないんですが」

「うーん、だったら、あのツルかもな」

「心当たりありますか？」

「採って食う時季はもう終わってるがのう」

「それって、自然薯みたいに食べられるんですか？」

「ああ、うめえさ。ガキの時分は、山へ入ってよく食った。根を食うわけじゃねえ。実を食うんさ。実の中身は甘くてうめえが、実の皮も料理に使えるんさ」

「皮まで食べられるわけですね」

「食ったことねえか？　こんくれえの紫色の実さ」

市蔵は右手で実を握るようにしてみせた。

「紫色？」

「──アケビさ」

「それってもしかして」

文哉の記憶が南房総に飛んだ。

去年の台風のあと、幸吉の家で晩ご飯をいただいたあとに、「ほれ、食後のデザートだ」と差し出された淡い紫色をした果実を思い出した。

山のなかで人知れず生るその実の色が、なぜここまで美しくなくてはならないのか、そして女性器を思わせるその実と割れ方に、自然の神秘さを感じた。

もっとも、初体験だったその実の甘さと食感はかなり個性的な気がした。

その話をしたところ、「おお、そいつよ」と市蔵はうなずいた。

──いろいろと人生もつながっている。

そう思った文哉は、斧で二つに割った丸太の片方を台の上に立てた。

そしてまた、両手で斧を振り上げた。

31

熊避《よ》けの鈴の音を鳴らしながら、市蔵が長靴で前を歩いて行く。山のなかで視認性の高いオレンジ色のベストに、オレンジ色のキャップをかぶっている。風鈴のような涼やかな音を頼りに、離されないよう、文哉は短軀の背中を追った。

藪を両手で漕ぎながらしばらく山の斜面をほぼ直登に進むと、少し開けた明るい場所に出た。そのあたりは段差があるものの地面がなぜか平らだった。

「そん人は、なにをこさえてる?」

立ち止まった市蔵が木立を見上げながら言った。吐く息が白い。

「海辺に落ちている漂流物を使って、置物やアクセサリーなんかを」

「ほー、なるほど」

「拾った流木なんかは、あまり手を加えず、そのものの味を活かすのがうまいんです。自然な雰囲気を大事にするというのか」

「センスがいいって、こっちゃな」

「ですかね」

意外な言葉遣いに文哉の頬がゆるんだ。

市蔵がずんぐりした人差し指で差す。

「ほれ、見つけたぞ」

文哉にはいっこうにわからない。アケビがどのようなツルなのか、どのような葉をつけるのかまったく知らなかった。

立木に絡まったツルに軍手をはめた手をのばし、市蔵が器用にほどきはじめた。落葉したのか、太さ五ミリほどのツルには葉がついていない。どうやらアケビというのは、蔓《つる》性の落葉木に属するらしい。

文哉も探しはじめた。よく見ると、ツルには右巻きと左巻きがある。

幸吉の家に泊まった日、夕飯のあとにアケビの実を出してくれたのだから、おそらくビワ山にもあるはずだ。どんなところにどのように生えているのか、覚えておきたかった。きっとそれは自分のためにも、凪子のためにも役立つ知識となるだろう。

約二時間でかなりの量のアケビのツルを手に入れた。市蔵の記憶によれば、市蔵の祖母はちょうど今頃の季節に山にツルを採りに入っていたという。

「おばあは、春にアケビの花を見て、秋にその実を食らい、冬にツルを分けてもらってたんだのう」

市蔵は懐かしそうに独りごちながら、ロープを束ねるようにしてツルを手早くまとめていった。

季節によってアケビのツルの状態は変わるのだろう。偶然とはいえ、よい時季に来られたようだ。

「そん人も、このツルを使って、なにかを編むつもりなんじゃねえか」

「編む？」

「昔から山で暮らすもんは、山のもんをうまく使ったもんさ。海辺で暮らすもんが、海のもんを上手に利用すんのと同じようにな」

だとすれば、凪子がつくろうとしているのは、これまで手がけてきたクラフトとは異なる新境地と言えそうだ。どんな作品に仕上がるのか興味がわいた。と同時に、長いこと待たせた凪子に早く届けてあげたくなった。

採り終えたアケビのツルは、すべて輪っか状に束ねられた。ツルはやや黒ずんでいるが、弾力があり、それなりに強度もありそうだ。

「ところで、このあたりの地形を見て、なにか気づかねえか?」

市蔵が枯れ葉の上に腰を下ろした。

「なんか、山のなかなのに、ここだけ雰囲気がちがいますよね?」

「感じるか?」

「ええ、どうしてですか?」

「あそこに行ってみな」

市蔵が指を差した地点に文哉が向かうと、靴のサイズほどの丸みのある石が、落ち葉に埋もれるようにして顔を出している。

「やけに石がごろごろしてますけど?」

「なぜかわかるかい?」

「どうしてたろう？　でも不自然ですよね、ここに集中してあるのは」

「だよな。そりゃあ、だれかがここに持ち込んだのさ」

「え？　なんのために？」

「少しまわりを歩いてみな？」

市蔵に言われたとおり、文哉は近くを歩き回った。

「──あれ？」

「気づいたか？」

「ここってもしかして」

文哉は木立の下、木漏れ日のゆれる地面を見渡した。「畑だったんですか？」

「ほー」

市蔵が感心したような声を漏らした。

「え、そうなんですか？」

「昔は、ここに人が住んでいたんさ」

「え？　こんな山のなかに？」

「ああ、今は竹やら木がめっぽう生えて、日当たりもわるいがな。平らな場所は、おそらく畑だったんだろう。聞いた話じゃ、このあたりは梨原《なしばら》だったらしい」

「梨原って？」

「梨畑さ。梨は大昔からつくられてるもんだからな」

「じゃあ、たくさんあるこの石は？」

「その石は、板で葺《ふ》いた屋根に載っかってたんだろうよ」

「そういうの、時代劇とかでなら見たような……」

「藁葺《わらぶ》き屋根のあとの時代だろうな。屋根に瓦が使われる前さ。けど、そんな昔のことでもないかもな。貧しかったんよ、このあたりは」

「なんで屋根に石を？」

「そりゃあ、針金や釘《くぎ》だって高価な時代だろうからな。屋根に板を葺いただけじゃ風で飛んじまうからさ。石を使って板を固定したんさ。石なら、近くの川原にいくらでも落ちとる」

「つまり、あるものを利用した。工夫したってことですね」

「そうだいね。もちろん、ここまで運ぶには手間がかかったろうけどな。それでもここに人が暮らしたんさ」

「——すげえ」

思わずつぶやいた。

「あん？」

「——おもしろいですね」

文哉の口元がゆるんだ。

「なにが？」

「人間って」

文哉は振り返った。「あえて、こんな山のなかで暮らそうとするんですから」

「まあな。たしかにおもしろいわな」

市蔵がうなずいた。

「それに、たくましいですね」

文哉もうなずいた。

「山に分け入って、拓いた土地だったんだろう。今じゃ、草木にのみこまれちまってるけどな。自然の力っていうのは、おっかねえのさ」

市蔵は短い足を広げて地面にのばすと続けた。「このあたりには、アケビだけじゃなく、タラの木や山椒《さんしょう》がようけある。この家で暮らしたもんが、山で見つけては移し替えたんだろう。それが時代を超えて、今も生きながらえているんじゃねえか。山菜を育てていたようなもんさ。ほかにも山ツツジなんかも見かける。さびしくないように、庭に植えたんだろうよ」

「生活の智恵《ちえ》ですね」

それに気づいてこの場所に通う市蔵もまた、自然を味方にした智恵者だといえた。

「でもな、ここに残ったのは人間様じゃなく、そいつらだったわけさ」

「そうなんですね」

「なあ、文哉」

市蔵が穏やかに呼びかけた。

「はい」

「人の生き方なんて、いろいろあるんさ」

市蔵の声が静かに山に響いた。

文哉は応えなかったが、腹の底からわき上がるような勇気をもらえたようで、鼻の奥がツンとした。

家族や世間体やしがらみに必要以上に囚《とら》われなければ、たしかに生きようなんていくらでもあるのだと。幸いにも自分は、その生き方を選ぶ自由を持っている。いや、だれもが持っているのかもしれない。

「幸吉つぁんの言葉だけどな」

市蔵は口を開くと、いつもより慎重な口調になった。「土地を持ってりゃあ、だれでも食っていけるって話じゃねえのさ。幸吉つぁんは、おめえさんを見込んでそう言ったんさ。土地を活かすには、それこそ、使いこなせる技量ってもんが必要なんさ」

「そうありたい、そう思います」

文哉はうなずいた。

たとえ都会生活者の半分以下の年収でも、田舎で豊かに暮らせる理由のひとつが、そのあたりにある気がした。土地を持っている、そのこともひとつの条件になり得ると文哉は気づかされた。それは代々続いた畑であり田であり山であり、つまりは土地なのだ。今の自分にはそれがない。けれど持っていようと、活かせない者にとっては、それらは単なる厄介な重荷に過ぎなくなる。

「それとな、まあ、これは余計なこととは思うが、もし、おめえさんが農家になりたいなら、ひとりじゃむずかしいかもしれねえぞ。昔の農家ってのは、家族みんなで助け合って暮らしていたんさ。じつはおいらは、かあちゃんに逃げられた口よ。おいらみたいにひとりぼっちじゃ、おおきなことはできんさ。そこんとこも考えんとな」

市蔵は目尻にしわを集めるように笑ってみせた。

32

「——おれ、今日帰ります」

山での休憩のあと、文哉は立ち上がると言った。

「ん、どうした急に？」

腰を下ろしたままの市蔵が目線を上げた。「別荘地を見にいぐんだろ?」

「いいんです」

「そのために来たんじゃなかったのか?」

「それもありましたけど。もういいんです」

「アケビのツルを採ったら、気が変わったんか?」

「いえ、そういうわけじゃ」

顔の前で手を振ってみせたものの、きまりがわるかった。

凪子に早くツルを手渡してやりたくなったのは事実だ。

文哉はこの地を訪れ、気持ちが癒やされていくと同時に、あることに気づいたのだ。

それは自分自身のことではなかった。

思えば文哉は、幸吉の死後、自分の殻にとじこもる時間が長くなった。幸吉との最期の時間をだれにも打ち明けられず、その対話の意味をずっとひとりで考え続けていた。そして、自分のこれからについてばかり思い悩んできた。父が亡くなった直後もそうだったかもしれない。

凪子にしても同じような体験をしたはずだ。母を亡くした際、凪子は幼く、あるいはもっと世界が狭くなっても不思議ではない。文哉には故人について語り合う相手がいたが、凪子はどうだったのだろう。そのことに思い至った。

凪子が今も自分の殻にとじこもりがちなのは、なにか理由があるはずだ。

——凪子にとってのあの日、なにがあったのだろうか。

この旅に出る前、凪子に話した際、遠くへは行くなと不安げに訴えていた。そのときも感じたのだが、凪子はなにかを自分のなかにとじこめている。それはおそらく凪子にとっての、あの日のことなのだ。

夕暮れの近づく海で、凪子はひとりボートに乗っているところを港に帰る漁船に発見され、救助された。母親の夕子の姿が見当たらず、夕子は入水自殺を図ったものと判断された。しかし、遺体は見つからず、凪子はなにも語らず、叔父の和海でさえ、今も真相を知らないようだ。当時を知る地元の人も多くを語ろうとしない。

凪子が海辺の漂流物を集め、和海の言う「おかしなもの」をつくりはじめたのは、けっして偶然ではない気がした。海に浮かんだボートに残されていた凪子は、最期の時間を母、夕子と過ごしたはずなのだ。

——文哉があの日、幸吉と過ごしたように。

おそらく凪子は、帰らぬ母の面影を求めて、あの日以降、海辺を訪れているのだろう。砂浜に泣き崩れた日もあったかもしれない。その足もとには貝殻やときには流木が流れ着いていていた。母に関する手がかりが得られないなかで、凪子は貝殻や流木を拾って持ち帰っていたのではなかろうか。

時間が経過しても、帰らぬ母を凪子はあきらめられなかったのかもしれない。だとすれば、凪子が海辺を訪れさがしていたのは、母の遺骨や遺品だったのかもしれない。凪子の手がける流木がひときわ美しく磨かれるのは、そんな彼女の特別な思いのせいに思えてならなかった。

今年の夏になって、凪子は「ツル」を採ってきてほしいと文哉に訴えた。それは凪子にとってなにかのはじまり、あるいは終わりを意味しているのではなかろうか。凪子は「新しいものをつくりたいの」と口にしてもいた。山のほうへ行くと文哉が伝えた際、「だったら私も行きたい」と言った、凪子のめずらしく明るいその声が文哉の耳に残っていた。

――凪子ともっと話がしたい。

いや、するべきだろう。

文哉はそう思った。

また、今になって姉の宏美の言葉も気になっていた。

離婚した母から聞いた話では、父、芳雄は生前、凪子の母、夕子と連絡をとっていたという。その理由は、子供のこと、つまり凪子のことを相談されていたからと口にしていた。

――それはいったい……。

二日前、和海に連絡をとったところ、「変わったことなんてねえ」とぶっきらぼうに返され、滞在を延ばすことにしたのだが――。

「まあ、ずいぶんと一緒に遊んだな」

市蔵も枯れ葉の座布団から腰を上げた。

「ええ、すごく楽しかったです」

文哉は頭を下げた。「この一週間、お世話になりました」

「機会さえありゃ、また来るとええ」

「そうですね。山もいいもんですね。なんか、今まで知らなかったよさを味わえた気がします」

「土地ってのはよ、一度ばかし足を踏み入れて知れるもんじゃねえのさ」

「というのは？」

「たとえば山に登るだろ。頂上に立ってその山を征服したような気分になる。その山を知った気になるんさ」

「ふつうはそうですよね？」

「でもな、春には春の、夏には夏の、秋には秋の、冬には冬の顔があんのさ。その土地それぞれにな。今度はちがう季節に来るとええ。そうすりゃ、ちがう顔をして、おめえさんを迎えてくれる」

市蔵がまぶしそうに晩秋の高い空を見上げた。

これから訪れる寒さ厳しい冬の到来を予感させる乾いた風が、足もとの落ち葉をすくっていく。カラカラと音を立て、まるでなにかをささやくように。

「それとな、山の近くに住んでるとよ、ときどき妙なことが起きんのさ」

キャップをかぶった市蔵が身支度を整えた。

「たとえば、どんなことですか？」

歩き出した市蔵の背中に問いかけてみる。

「よく聞くのが、人里離れた山のなかで人の声を聞いたとかな」

「え？　市蔵さんも経験あるんですか？」

「あるさ。何度か」

市蔵はなんでもないことのように答えた。「耳を澄ましてるときじゃねえのさ。不意に、おや？　と気づくんさ。今の声はなんだ？　とな」

「そのときは？」

「どうもせん。山で名前を呼ばれても返事をするな。そういう言い伝えがある。だれかもわからんもんに声をかけられて、とっさに返事をすりゃあ、よくねえことが起きるって話さ。そいつは油断から生まれる行いなんさ。おいらにもよくわからんが、妙なことが起きたとき、うろたえずによく考えて行動しろっていう、戒めじゃねえか」

――なるほど」

「おめえさん、さっき急に、今日けえる、と言い出したよな。たぶんそれは、なにかを感じたからなんさ」

「え？」

「直感っていうのかな、まあ、そういうのは大事に暮らしたほうがいいかもな。五感も大切だが、そういう感覚も人間には本来備わってるはずなんさ。もともとはな。虫の知らせって言うが、ありゃあ、わるいことばかりじゃなく、いいことを知らせる場合もあるんじゃねえか」

市蔵はそう言うと、短く手洟《てばな》をかんだ。

33

「そういえば市蔵さん、イノシシの罠猟のほうは？」

文哉は一度も連れていってもらえなかったことが、気になっていた。

「おめえさんが来た翌朝早くに罠は外した。仕掛けたら毎日見まわりせんといかんからな」

「そうだったんですね」

「いや、今はそんなに数掛けてもいねえんさ。それに自分の猟場だかんな。あまり人は入れたくねえ」

市蔵は静かに答えた。

申し訳なく感じるのと同時に、本音だと思った。

自分は、旅人でしかない。しかもここを一度訪れたに過ぎない。いわば別荘にたまに来るような街の人間と変わらないのだ。

それでもこの一週間、多くのものを目にし、感じ、得ることができた気がする。いや、そのことはまちがいない。

「――じゃあ、失礼します」

午後四時過ぎ、文哉は告げると自分の軽トラックに乗り込んだ。

出がけに、「帰ったら、よく干すんだぞ」と言って市蔵が土産に持たせてくれたのは、一ヶ月ほど前に収穫して果肉を腐らせるために土に埋めておいたというオニグルミの実。冷たい水道の水で丁寧に土を洗い落としてくれた。

世話になりっぱなしの文哉は、突然の訪問にもかかわらず最後まで細やかな心遣いを見せてくれた市蔵に深く感謝した。

老いていくからだに鞭打《むちう》つようにして山を登る市蔵の後ろ姿は、悠々自適に都会で年金暮らしをする同年代とは別の生き物のようにすら映った。まぎれもなく市蔵は現役であり、食うために日々働いている。

――果たしてどちらが幸せなのだろうか。

不満を口にせず、あるものを活かし、孤独を敵とせず、自然を慈しむその姿には、見習うものがある気がしてならなかった。

見送りに立ったバックミラーに映っている小柄な老人の姿がやがて見えなくなると、涙が自然に頬を伝った。

まだ二十代のくせに、いつまで働き続けなくてはならないのかなどと、それこそずっと先のことに苛立ち、不安を覚えた自分が情けなく感じた。そもそも生きるとは、自分自身の行いのはずだ。生き残るための。そのことを老いてなお生気のみなぎる背中が教えてくれた。

生きていくためにはなにが必要なのか？

なによりもまず、食うことにほかならない。

食べることが生きるための基本なのだ。

「――がんばろう」

文哉はつぶやいた。

世の中の風潮では、がんばることに疑問が呈されているようにも感じる。なんらかの理由で、がんばることに無理がある状況の人に向けられたはずの言葉が、どこかひとり歩きしている気がしてならない。

七十を過ぎた市蔵はまちがいなくがんばっている。

「おれも、がんばれる」

文哉は自分に向かって言った。「いや、がんばりたい」

山間《やまあい》の川に沿って軽トラックを走らせはじめると、電柱に「熊の出没に注意」と赤字で記されていた。やはりこのあたりにも出るらしい。

すると、すぐ先の道路脇の藪がなにやら揺れている。

——まさか、熊?

徐行して横を通り過ぎようとしたとき、熊ではなく、小さな人の姿が見えた。

——あ、あのおばあさん。

とっさにブレーキを踏んだ。

腰の曲がった老女が三日月形の鋭い刃をした鎌を握って藪のなかから現れた。

都会の子供が学校帰りに遭遇したら、きっと逃げ出すにちがいない。その話を聞いた親は、警察に通報するかもしれない。などと想像し、文哉の口元がゆるんだ。

「どうかしたんですか?」

運転席から降りて声をかけた。

「ん？　おめえさんは？」

「こないだ道で会って、市蔵さんの家を尋ねた者です」

「あん？」

「そのとき里芋をいただきました」

「──おう」

反応がやや鈍かったが思い出してくれた様子だ。

「すごくおいしかったです。いつも食べてる里芋とは比べものにならないくらい」

「──わかったか？」

おばあさんは小さな目を見開くようにした。

「ええ、わかりました」

「そうかい」

満足そうにうなずいた。

「藪がゆれてたんで熊かと思いました。たしか、イトさんですよね？」

「え？　おら？　うん」

どうやら耳が遠いらしい。年は八十に近いくらいだろうか。

「ここでなにを？」

藍染めの手ぬぐいで頬被《ほおかむ》りしたイトさんは、答える代わりに割烹着《かっぽうぎ》の前ポケットからしわくちゃのレジ袋を引き出した。

「──あれ？」

文哉は鼻をひくつかせた。

「臭いやね？」

「これってもしかして？」

「拾ったんさ」

「イチョウの実ですね？」

「──銀杏《ぎんなん》」

イトさんはコクリとうなずいた。

どうやらこのあたりにイチョウの木があり、落ちた実を拾ってきたらしい。しわのついた黄色く熟した実は、話には聞いていたがかなり臭いがきつかった。

「これ、どうするんですか？」

文哉は声のボリュームを上げた。

「水で洗って銀杏を取り出して干すんさ」

なるほど、埋めはしないが、やり方はオニグルミと同じらしい。

「少し持ってくか？」

イトさんに問われたが、さすがに遠慮した。臭いがきついからではなく、せっかく拾ってきたものを、申し訳ないと思ったからだ。

すると今度は、別のポケットからいい色になった柿を取り出した。

「食うか？」

「いいんですか？」

「この柿はな、ちいと実はちいせえが、うまいんさ」

「へえー」

今度は受け取った。

南房総でもそうだが、年輩の人はなにかとものを分け与えたがる傾向が強い。ありがたく頂戴するのが礼儀でもあると経験的に学んでいた。次に会ったときには、挨拶にそのお礼を添えるようにする。もらい上手になることも田舎では大切な気がする。とはいえ、嘘は禁物。誉《ほ》めれば、またもらうことになる可能性が高くなる。

このおばあさんからしたら、文哉は子供、いや、孫のような年代なのかもしれなかった。

「この奥にな、昔、人が住んでたんさ。これはそこの柿だいね」

「この藪の奥に家があるんですか？」

道路から斜面になっているその上に、家があるとはまったく想像がつかなかった。

それほど高そうではないが、山にしか見えない。

「言っとくが盗んだわけじゃねえよ。許しはもらってんのさ」

イトさんは少し怒ったような口調になった。

文哉は二度うなずいてみせた。

「イトさんは、地元の人ですもんね？」

「ああ、あそこに見える家さ」

先が黒い爪の人差し指が差したのは、二階建ての立派な屋敷だ。

漆喰らしき白壁に覆われ、瓦屋根の上には小さなやぐらのような高窓が三つ、間隔を置いて並んでいる。こちらに来た際、何度か見かけた特徴的な造りの家だ。

「あの小さなやぐらみたいな窓はなんですか？」

文哉は尋ねてみた。

「ん？　ありゃあ、ヨウサンの名残だいね」

「ヨウサン？」

「――お蚕さん」

「え？　ああ、蚕の世話をすることですね」

「そうだいね。このあたりは昔、養蚕が盛んでな、どこの農家もやっとった」

「もしかして、イトさんの名前って？」

「そう、お蚕やってる時分におらは生まれたんさ」

「やっぱり、じゃあ、名前は漢字で『糸』と書くんですか？」

「いや、カタカナで『イト』さ」

イトさんの声は大きくなった。

文哉は養蚕について詳しくは知らなかったが、絹糸をつくる繭をとるために蚕を飼い育てる産業が昔あったことは、小学校の授業で習った記憶があった。

「ああ、そいでな、ちいとばかし困ったことになった」

少し打ち解けた様子のイトさんがしわだらけの唇をとがらせた。

「どうかしたんですか？」

「高いところに使う長いハサミを使ってたんさ」

「高枝切りバサミのことですね」

「そう呼ぶんかのう。そいつをとられた」

「だれにですか？」

「――柿の木さ」

「え？」

話の要領を得なかったので、現場へ連れて行ってもらうことにした。

イトさんは再び藪のなかへ入っていく。

獣道のような狭いトンネルが地上一メートルくらいの高さで続いている。ちょうどイトさんの背丈くらいだ。斜面をしばらく進むと少し開けた場所に出た。

「ほれ、あの木の枝に」

前に立ったイトさんが鎌の先で差した。

高さ八メートルほどの立派な柿の木の枝には、色づいた柿が生っている。注意深く見ると、実の生っている枝の下に、柿の実とは異なる色、黄色いハンドルの付いた柄の長い高枝切りバサミがたしかにぶら下がっていた。

おそらく柿の実をとろうとしたイトさんが枝に引っかけてしまったのだろう。

「ありました！　おれとってきます」

文哉が前に進み出すと、「わりいねえ、わりいねえ」とつぶやきながら、イトさんは先に道路のほうへ帰りはじめた。

柿の木の下まで進むと、枝に引っかかっていた高枝切りバサミは難なく回収できた。

山のほうから、山鳩《やまばと》の低い声が聞こえていた。

もどろうとしたとき、少し先に青い色がちらついた。この季節の花とも思えないその色は、葉を落とした灰色の濃い世界でやけに目立っていた。

――なんだろう？

文哉は落ち葉を踏みしめ、さらに斜面を登った。

以前は畑だったような土地が左手に広がっている。篠竹《しのだけ》らしき藪にすっぽり囲まれていてそこからでは、下に通っているはずの道路もさっきは見えたイトさんの二階建ての家もまるで見えない。七歩くらいの間隔で、同じ種類の木が生えている。近くの一本は、苔《こけ》むしたかなりの老木だ。どの木も似たような樹齢かもしれない。枝が暴れ、あるいは折れている。

山に入ってアケビのツルを採った際、市蔵が口にした言葉を思い出した。

──聞いた話じゃ、このあたりは梨原だったらしい。

場所はまったく異なるが、もしかして梨の木だろうか？

さらに進むと、青い色がはっきり見えた。

それは家の屋根だった。ペンキの一部が剝げ、赤錆《あかさび》が浮き、雨樋を埋めるようにして落ち葉が降り積もっている。

「おーら、どうしたあ？」

イトさんの声がした。

「ハサミ回収しました！　今行きます」

文哉は道路のほうを向いて声を上げた。

しかしもう一度振り返り、木立のあいだにのぞく家を見つめた。

かなり古そうな家だった。

──廃屋だろうか。

家の前は立ち枯れた草に覆われている。

いわゆる農家のように大きな家ではない。

背後に山が迫り、草木に半分のみこまれているような惨状だ。

――ここにも人が暮らしていたんだなあ。

文哉は心のなかでつぶやいた。

「わりいねえ、助かったよ。ありがとね」

高枝切りバサミを受け取ったイトさんは何度も礼を口にした。

「たいしたことじゃないですから」

文哉はかえって恐縮した。

「おめえさん、やさしいのう」

「いえ、そんな……」

面と向かって言われ、照れくさかった。

「やさしいのう。ありがたいよぉ」

「取り返せて、よかったです」

文哉は笑ってみせた。

「まだ若いのに、辛い思いをしてきんさったんだね」

「え？」

「わかるんさ。おらもそうだったから」

　イトさんの小さな目がうるんでいた。

　文哉は虚を衝《つ》かれたように言葉を失った。なにかを引きずっていることが、この人には見えるのだろうか。

　こんな些細《ささい》なことで、と思いかけたが、些細なことでこんなにも喜べることに心を惹《ひ》かれた。ささやかなことに心を動かせるならば、それは多くのことに幸せを感じる機会にもなり得るのではなかろうか。

「イトさん、そういえばこの奥に家が建ってましたね、青い屋根の」

　文哉も目頭を熱くしながら話題を変えた。

「人が住まなくなって、もう八年ばかし経つんかのう」

　イトさんは小さくため息をついた。「このあたりも空き家が増えてな。さびしくなっちまったもんさ」

「昔は賑《にぎ》やかだったんですか？」

「おう、子供もたくさんおった。今じゃ店も学校もやっとらんし、田んぼも畑も荒れ放題さ」

「――そうなんですね」

　南房総と同じく、こちらも過疎化の進む地域であることはまちがいなさそうだ。

「そういえば、あの里芋、すごくおいしかったですけど、どうやってつくってるんですか?」

「なーに、やめた田んぼでつくったんさ」

「じゃあ、肥料とかは?」

「そんな贅沢なもん、イモに使うかい」

「――やっぱり」

文哉は山で掘った自然薯の味を思い出した。

「おらが食うもんに金かけてどうする。農薬も肥料も金がかかるんさ」

「それもそうですね」

「そういえば、おめえさんたしか……」

「え?」

「ゲンスケさんのとこの?」

「は?」

文哉は首をかしげた。

最初に会った際も同じ名前が出てきた。なにかかんちがいしているのだろうか。それとも、もしかして年のせいなのか。

「おい、今から帰るんですー

「あーね、けえるのか」

「ここへは初めて来たんですけど、いいところですね」

「そうかい？」

「ええ、そう思います」

「おめえさん、変わりもんだな」

イトさんが口元をゆるめた。

「え？　そうですかね」

「まちがいねえ」

「おれ、人がたくさんいるようなとこ、苦手なもんで」

「ここは山奥だかんな」

「そんなに山奥ですか？」

「ああ、土地の名前に『上』とつくのは、そのせいさ。山の上のほうさ。冬はこたえるぞ」

「寒いですか？」

「風が冷てえなんてもんじゃねえ。痛いんさ」

「そんなに……」

文哉は少し迷ったが尋ねてみることにした。

「イトさんはどうですか？　この土地は？」

「ん？」

という顔をしたあと、老女は歯の抜けた口を大きく広げるようにして言った。

「そりゃあ、ええとこさ。ええに決まっとる」

イトさんは、文哉の目を見て答えた。

その目は静かに笑っている。

文哉はハッとさせられた。自分自身が暮らしている土地を、こんなにもあからさまに誉められる人がどれだけいるだろうか。さっきは辛い思いを自分もしてきたと口にしたというのに——。

——この土地が好きなのだ。

イトさんの顔は日に焼け、染みとしわだらけだったけれど、その笑顔は少女のように無垢《むく》で嘘がない気がした。

「また来られたら」

文哉はそう口にした。

「そう、すべ。次来るときゃあ、花の咲く頃にしな」

「春ですね？」

「おう。また、来んさい」

イトさんはコクリとお辞儀をすると、自分の家へ向かってゆっくり歩きはじめた。

腰の曲がったイトさんが歩いていくその先、低い山並みにかかった靄《もや》の向こうに、高い山影が見えた。これまで気づかなかったが、なにやら異様なかたちをした山がそこにあった。この国にもこんな山があるのかと意外に思ったほどだ。

そのギザギザとした山が、熟したアケビの実の色のような夕焼けに包まれている。稜線《りょうせん》の上に斜めにたなびく幾筋もの雲が、薄紫色に染まっている。

海に沈む夕陽は何度も目にしていたが、こんなふうに山で眺めるのは初めてな気がした。

見事な夕焼けだった。

――見せてあげたいな。

文哉は思い、スマホで写そうかと思ったが、そのまま軽トラックに乗り込んだ。

――さあ、海が見える家に帰ろう。

34

南房総の家に到着したのは午後十一時過ぎ。軽トラックでの長時間の運転に疲れた文哉はすぐに眠ってしまった。

朝早く起きて庭に出ると、足が海に向かった。

管理を任されている別荘のことが気になったが、見まわりは後回しにした。

「──やっぱ、海はいいなあ」

砂浜に立った文哉は大きく伸びをした。

遠浅の海が奏でる穏やかな潮騒《しおさい》に身を包まれ、潮の香りを胸いっぱいに吸い込んだ。

逢瀬崎の上空では、トンビが翼の調子を試すように右や左に傾《かし》ぎながら旋回している。

泡立つ波打ち際をしばらく歩いていると、人の気配がして振り向いた。まぶしさに思わず目を細めた。正面に見るかっこうになった朝陽のせいだけじゃなかった。

「おはよう」

文哉のほうから声をかけた。

「おかえりなさい」

凪子は他人行儀にぺこりと頭を下げた。

起きがけのせいか髪がボサボサで、寝ぼけ眼をこすり、寝間着の上に大きめのいわゆるドカジャンを羽織っている。

二人が向き合って立っているのは、海岸道路を挟んだ凪子の家から数メートルの砂涙なわけで、もしかしたらと文哉は期待してもいた。

「ただいま」

文哉は明るく言い直した。

「今、着いたの？」

「いや、昨日の夜遅く」

「――そう」

「こっちはまだあったかいね、向こうと比べると」

「ふうん」

凪子はその場にしゃがんで桃色の小さな貝殻をつまんだ。

「変わったことは？」

文哉もしゃがみ、沖を眺めながら尋ねた。

「変わりないけど、宏美さんが……」

「ああ、帰ったらいなかった。出ていったみたいだね」

感情を押し殺した声で文哉は答えた。

「――やっぱり」

「なんかあったの？」

「ううん」

凪子は頭を振った。

大げさな仕草に思わず口元がゆるんだ。なにかあったにちがいない。

「これ、卓袱台の上に」

文哉はポケットにつっこんできた置き手紙を取り出した。

「宏美さんから？」

「そう、読んでごらん」

「――いいよ」

「いいから」

文哉は笑いかけた。

前略　文哉　様
おかえりなさい。

帰りを待とうかと思ったけど、手紙を書き残すことにしました。

文哉が旅に出たのは、私がこの家に帰ってきたことと関係があるような気がしています。

あなたが旅に出てから、毎日のようにこの家に人が訪れました。正直驚きました。

その人たちはお店の客ではなく、地元のあなたの知り合いです。あなたに会うために、わざわざ長い坂道を上ってこの家に来たのです。

こんなにも、ここ南房総にあなたの知り合いがいるとは思いませんでした。驚くと同時に、うんざりもしました。なぜなら、その人たちから毎日、あなたの話を聞かされるからです。

文哉のことをわるく言う人はひとりもいませんでした。弟さんにはいつもお世話になっていると、親の世代より年輩の人から頭を下げられたこともあります。いつ帰ってくるの、元気でやっているのか、帰ってきたら顔を出すように言ってくれ、みんなあなたの帰りを待っている様子でした。

そんなわけで、すでにここはあなたの家であることを認めざるをえません。私としては譲れない部分もありますが、姉弟で争うことを望んではいません。なので、ひとまずこの家を出ていくことに決めました。ここでの生活は、どっちみち私には長続きしそうにありませんから。

凪子さんとは少し話をしました。どうやら誤解していたようです。

私も彼女のようにものづくりで生計を立てたいけど、なかなかむずかしそうです。ただ、あなたに言われた言葉。「絵や工作はうまかったじゃないか」というのは、ちょっとうれしかった。そして、「自分でやればいいじゃないか、好きなことを」と言われ、ハッとしました。

だから私もそうするつもりです。

「姉ちゃんは昔から料理は下手だった」にはかなりムカついたけど。

私たちには助けてくれる親はもういません。

お互い健康には気をつけてがんばりましょう。

それではお元気で。

宏美

便箋の角が海からの風に小刻みに震えていた。

読み終えた凪子は、なにも言わず風に背を向け、便箋を丁寧に折りもどし、文哉に返した。

「なにか言われたの？」

文哉が問うと、「ううん」とまた首を横に振った。

「だったらいいけど」

文哉は逢瀬崎に向かって歩き出し、しばらく口をつぐんだ。

凪子も黙ってついてくる。

遠浅の海には穏やかに波が立ち、沖合には青いスパンカーを張った地元の漁船が見えた。視線がすぐに海から陸にもどってしまうのは、たぶん癖になっているのだ。なにかおもしろそうな漂流物が落ちていないか目が探してしまう。

「そういえばさ、約束のもの採ってきたよ」

文哉はなにげなく口にした。

「え？」

「ほら、言ってたじゃん」

「もしかして、ツル？」

「そう。家にある」

文哉は振り返り、凪子を見た。「今度、取りに来て」

「行く、朝ご飯食べたら」

凪子の口元が少しだけゆるんだ。

「わかった。じゃあ、待ってるよ」

文哉は砂地に残った足跡をたどるように、引き返しはじめた。

凪子はその場に立ち止まった。

35

軽トラックの荷台からツルを降ろして見せると、凪子は目をまるくしていた。ツルの量に驚いている様子だ。

「ツルって聞いてたけど、こういうのでいいのかな？」

「うん」

凪子はうなずき、おそるおそるといった感じで手をのばした。

「これはね、みんなアケビのツル」

「――アケビ？」

「食べたことない？」

「ない」

「凪子さんって、山に入ったことは？」

「ない」

「そうか、じゃあ、知るわけないよな」

文哉は用意した新しい軍手を差し出した。

凪子は受け取ったものの、素手でツルを手に取った。

「これでなにかつくるの？　たとえば籠とか？」

凪子は夢中になっているのか、返事がない。一重の切れ長の瞳がアケビのツルをしっかり捉えている。

しばらく待ってから、文哉が口を開いた。

「そういえばさ、郁倉から連絡があったんだ」

「[illegible]さん？」

「そう。東京で凪子さんの作品を雑貨屋なんかに営業してくれてる、おれの大学時代の知り合い。彰男さんが台風前に東京へ行ったとき、世話になった人でもある」

「なんて？」

「売れ行きわるくないらしい」

文哉は束になったアケビのツルを解き、のばして凪子に見せた。

「もう少し多く送ってほしいって頼まれた。それはそう簡単じゃないって言っておいたけどね」

凪子はアケビのツルを自分の腕に巻き付けている。ツルの軟らかさや調子をたしかめているようだ。

「どうかな？」

「すごくいいと思う」

凪子はうなずくと言った。「できれば自分で採りに行きたい」

「それはむずかしいだろうな。ひとりで行くのはやめたほうがいいよ」

文哉は心配になって釘を刺した。

「太さとかはどうなの？」

「うん。もう少し細いのも。それに節が出てないのがあれば」

「そうか。そういうのはたしかに、自分でたしかめたほうがいいだろうな」

「うん、そう思う」

「今度、機会があったら、一緒に山に行ってみようか？」

「うん、行く」

凪子は子供のように目を輝かせた。

「よし、わかった」

文哉はうなずくと尋ねた。「店番のほう、また頼めるかな？」

「いいけど」

「新しいものをつくるんだろ？」

「――うん」

凪子の視線がようやく落ち着きをみせた。

「ほかに必要なものがあれば教えてよ」

「ありがと」

凪子は目を合わせずに小さくうなずいた。

「あ、そうだ。もうひとつお土産がある」

文哉は助手席に載せたレジ袋をつかんだ。

「ムこう」

「うん。オニグルミだって。よく干してから割って食べるんだ」

「これが、あのクルミになるんだ」

「そう。クリが山のウニだとすれば、こいつは山のサザエみたいなもんかな」

文哉は笑ってみせた。

「へえー、硬い殻なんだね」

凪子はオニグルミを手に取ると、「この殻も使えると思う」と言い出した。

「なるほど、砂浜に落ちてる貝殻もクラフト細工に使ってるもんね」

文哉が言うと、「うん」と凪子はまたうなずいた。

「これも山にあるの？」

「たぶんね」

「――行きたい」

「山のなかは蜘蛛が巣を張ってるし、いろんな虫だっているよ。もちろん、ヘビや獣に遭う可能性もある」

「自分の目で見て採ってみたいの」

凪子は強い意志を示すように文哉と目を合わせた。

「――そっか」

文哉は小さくうなずいた。「そうだね、自分で素材を採集するのも、つくり手にとっては大事な工程なのかも知れないな。寒くなる前に、行ってみるか」

「お願いします」

凪子はぺこりと頭を下げた。

36

「よっ、おかえり」

陽が沈む前、野球帽をかぶった中瀬がひょっこり庭に顔を出した。「いつ帰った？」

「昨日の夜遅くに」

文哉は夕飯の準備の手を休めた。

おそらくこの中瀬も、宏美が置き手紙に書いていた来客のひとりだ。

「なかなか帰ってこないからよー」

中瀬はおどけるように語尾をのばした。

「カズさんに言われましたよ。早かったなって」

文哉は笑って答えた。

「まあ、ひさしぶりの休みだもんな。のんびりしてもバチは当たらんべ。温泉に浸かって、うまい料理でも食ってきたか？」

「ええ、まあ」

文哉は曖昧に答え、「留守中、お世話になりました」と頭を下げた。

「おれはなんもしとらんさ。和海のやつは毎日、別荘の見まわりに来とったみたいだけどな。あいつは、あれで律儀だから」

「さっき電話で話しました。あいかわらず忙しそうで」

「こいつは懐かしいな」

縁側に腰かけた中瀬がザルに並べて干してあるオニグルミを手にした。

「こっちでも採れるんですかね？」

「おお、昔は小学校の近くに大きな木があったんだがなあ」

「そうでしたか」

文哉は中瀬の好きなコーヒーを淹《い》れた。

「すまんな、帰った早々にお邪魔して」

「いえいえ」

「ところで、今朝方、凪子と海っぷちを歩いていたのは、あんたかい？」

「――あ、そうですけど」

「いや、ならいいんだ」

中瀬は顔の前で手をひらひらさせた。「うちのが、凪子ちゃんが若い男といたって言うもんでよ。和海には前に言ったんだ。若い娘のひとり暮らしは感心できねえってな。凪子は母親のこともあるし、もうひとつ頼りねえからな。まあ、気をつけてやってくれ」

「はい、そうですね」

文哉は声を引き締めた。

早朝の海でだれもいないと思っていたが、油断していた。田舎の朝は早く、人が少ない割りには、どこにでも目がある。ときに疎ましくも思えるが、それは地域を見守る目でもある。

「――そいでな」

中瀬は少しあらたまった調子で本題に入った。

「少し前に敏幸から電話があった」

「敏幸さんって、幸吉さんの息子さんでしたよね？」

「一度こっちで会ってるよな」

「――ええ」

文哉はその際同席した和海を交えた会話を思い出し、口をつぐんだ。

「じつはよ――」

中瀬が言うには、敏幸から幸吉の家や土地について、あらためて話があったそうだ。

どうやら遺産相続に関して兄妹でこじれたらしい。結局、家や土地は二人とも持ち続ける気がなく、処分して金に換え、分け合うことに決めたらしい。

「まったくな」

中瀬としては、身内である敏幸に振りまわされた様子でうんざり顔だった。「まあ、あてが外れたって話だべ」

「というのは？」

「やつらは幸吉さんの残した家や土地が、うまくすれば大金に化けるとでも思ったんだろうよ。東京で暮らして、こっちの事情なんてわかってねえくせに」

「あれから敏幸さんや妹さんは？」

「来るわけねえべ」

中瀬は声に怒気を含ませた。「来もしねえのに、太陽光がどうだの、山の利用価値が見直されてるだの、サバゲーだっけか？　ごたくを並べやがってよ」

「――それで？」

「彰男の親父、忠男さんのところにも何度か相談したらしい。要は、家や土地の値段を下げるから買ってくれねえかって話さ。いい買い手が見つかるまで忠男さんに貸す気だったらしいが、断られたんだ。あのバカ、土地を手放さずに儲けようとでも思ったんかな。忠男さんはえらく腹を立てたらしい。あんな耕作放棄地まがいの土地、だれが金を払って借りるもんかって。そのへんの話は彰男から聞いた。今回も忠男さんは断った。彰男も強く反対したって話だ」

文哉は事情が吞み込めてきた。

「それで今度は、またおれんとこに話がまわってきたってわけさ。『そういえば家を見に来てた若い人がいましたよね』だと。まったく、人の気も知らんで」

「――そうだったんですか」

「まあ、だれかに諭されたんだろ。ここいらの農地や山の取引相場なんかを聞かされてよ。高い値段がつくのは、家を建てられる宅地だけだべ。宅地といったって、便がよければいいが、あそこはたどり着くまでの道はせめえし、なんたってイノシシが出るようなとこだかんな」

「まあ……」

文哉は相づちを打ったものの、ビワ山で過ごした幸吉との時間が愛《いと》しく思えた。文哉にとっては、あそこは人里離れた楽園といってもよかった。それこそだれにも気兼ねせず、人の目を気にすることなく過ごすことができた。去年の台風来襲前に訪れて目にした、ビワ山の黄金色の稲穂の海が不意に脳裏に波立った。

「まあ、『半額にする』とは言ってたよ」

「え?」

「たしか、二千万って、敏幸のやつ抜かしてたろ。だから、一千万か。けど、もっと値切れるかもな」

中瀬は身内の立場ではなく、文哉の側に立ってくれているかのようだった。

「まあ、そういう話さ。考えてみてくれ」

「ありがとうございます」

文哉は頭を下げたが、もちろん即答を避けた。

「そういえば、宏美さん、帰ったんか？」

「ええ、まあ」

「けっこう長くいたもんな。そうか、帰ったか」

中瀬はコーヒーをズズッとすすると、「あんたが淹れるコーヒーはうまいな」と言って笑った。

37

――幸吉の家や土地が売れない。

そして、売却話が今一度文哉のもとへ持ち込まれた。

これは運命なのだろうか。

それとも――。

いつもより遅くなった夕飯をとりながら、文哉はそのことばかり考えていた。風呂の湯に浸かっても、トイレで用を足している最中も、頭から離れない。

あの家と土地が、半額の一千万円。いや、もっと安くなるかもしれないと中瀬は言っていた。

ふと思った。

――この海が見える家を、売れば。

そうすれば手に入る。

宏美が言ったように一千万円で売れれば。

幸吉は最期になってしまったあの日、文哉に言った。

「自分の土地を持て」と。

幸吉の家や土地を文哉が受け継ぐことができれば、天国の幸吉も喜んでくれるんじゃないか。

この南房総の地であれば、芳雄の生前の知り合いも多い。場所は、農家の彰男の家からも近い。うまくいけば別荘管理の仕事もやめずにすむかもしれない。和海はきっと力になってくれるだろう。そして、凪子もいる。

だが一方で、本当にそれでいいのか、という思いも立ち上がってくる。

宏美に言われた言葉を思い出した。

「文哉がここでうまくやってるのは、すべてお父さんのおかげでしょ？」

高校時代に衝突し、自分が否定した父、芳雄の世話に今もなっているようで息苦しさもあった。

海ではなく、山のほうへ旅に出て、自分の世界がいかに狭かったのか思い知った。知らないことが多すぎる。文哉が田舎だと思っているこの界隈が、立派な町に思えるという市蔵の言葉も気になっていた。おまえは、本当の田舎暮らしを知らない、と言われたような気がしたからだ。

亡き幸吉の言葉から引き出した自分なりの答え。

それは――。

――自分の場所をさがせ。

自分の場所とは、いったいどんなところなのか。

どこなのか。

夜になると冷え込んだ。薪ストーブのぬくもりがひどく恋しかった。

午後十一時には布団に入ったものの、なかなか寝つけなかった。

――真夜中だった。

震えるような音が鳴り続けている。

ようやく寝ついたからだを強引に眠りから剝がすように上半身を起こした。

暗がりのなか、手探《てさぐ》りでスマホを探し当てる。手にした薄っぺらい物体は冷たく、押し黙っている。ふだん、スマホはおやすみモードにしていることを思い出した。

鳴り止《や》まない音は別のところから聞こえていた。そういえば、呼び出し音がスマホとはちがう。

――いったいなんなんだ？　こんな夜中に。

苛立ちながら立ち上がった。

鳴っているのはスマホではなく、家の電話だ。

不意に胸騒ぎがし、文哉は部屋の明かりをつけた。

芳雄が住んでいた当時からあるその固定電話は、ふだんまったく使っていない。何度か解約しようかと思ったが、思い切れなかった。たまにおかしな留守番電話の録音が残されている。まちがい電話か不審なセールスの類いだ。それ以外でかかってくるとすれば、文哉が住み着く前から芳雄と親交のあった別荘所有者、あるいは地元の人間だ。

「もしもし？」

時計を見ると、午前二時過ぎだった。

「ああ、やっとつながった」

息を呑む声がした。

「はい、緒方ですが？」

起きしなで文哉の声がかすれた。

「大変なことが起きた」

「え？」

深夜のオレオレ詐欺かと思ったが、声には聞き覚えがあった。

「こいつはやべえ、やべえことになったぞ」

受話器から口元が離れているのか声が途切れ途切れで、かなり取り乱している様子だ。

「──彰男さん？」

文哉は思い当たる声に尋ねた。

「──燃えてる」

彰男と思《おぼ》しき声が言った。

「え？」

文哉はその言葉とは裏腹に寒さにぶるっと震えた。

「燃えてんだ」

「燃えてるって、なにが？」

「ビワ山のほうだ」

「どういうこと？」

「たぶん、幸吉さんの家だべ」

「今、燃えてるんですか？」

「ああ、火の手が上がってる。まちがいねえ」

「――すぐ行きます」

文哉は受話器を置いた。

鼻から深く息を吸い、吐く。

――夢ではない。

急ぎ靴下をはき、山に入ることを想定し、服を選んだ。いつも下げている腰袋のベルトを締め、念のため、台風の被災あとに準備したヘルメットをかぶった。

外に出るとサイレンの音が遠くに聞こえた。

空は曇っているのか、月は見えない。

家を出た文哉はママチャリを選んだ。軽トラックで行くのは、消火活動の妨げになるととっさに判断してのことだ。

坂道をブレーキなしの猛スピードで下り、車の通りの途絶えた暗い県道を渡ると、案の定、赤色灯を回した消防車が狭い道に入る手前で立ち往生していた。近くの民家から寝間着に上着を羽織った人が出て、心配そうに山のほうを見ている。

文哉は赤い車体の横をすり抜け、自転車を立ちこぎで走らせた。

道はほぼ真っ暗だったが何度も通ったせいか、迷うことはなかった。

途中、懐中電灯の光線が交錯するのが見え、何人かの消防団員らしき年輩の人を追い越した。現場へは徒歩で向かうらしい。荒い息づかいが聞こえた。

幸吉の家が近づくと、藁を燃やしたようなにおいがした。

藪の向こうに赤い炎が見えた。

家の前の狭い道に黒い人集《ひとだか》りができている。消火活動に駆けつけた人たちらしかった。

今まさに、二階の屋根が猛火に包まれ崩れようとしていた。文哉が泊まった際、海が見えた窓からは、ゴウゴウと赤い炎が火の粉と共に噴き出している。

まるで、こっちに来るなと威嚇するように。

「――なんで？」

文哉は思わずつぶやいた。

顔が火照《ほて》り、悪寒が背中を走った。

――これはいったいなにを意味しているのか。

消防団員たちが動き回っているなか、文哉は立ち尽くしていた。

「おい、文哉だよな？」

「え？」

振り返ると、ヘルメットにライトを装着した痩身の男が立っていた。彰男だった。

「どうしてこんなことに？」

尋ねたが、彰男は答えなかった。

「おい、おまえら、手を貸せ」

二人に声をかけてきたのは和海だった。

彰男と同じく、地元の消防団として動員されたらしい。

「山への延焼を避けるために緩衝地帯をつくりに行く」

「緩衝地帯って？」

彰男が間の抜けた声で尋ねた。

「消火栓がないんだと。だから家の周囲に空き地をつくる。燃えるものがなくなりゃ、そのうち火は収まる。空き家だからな。年寄りには斜面での活動はキツい。裏山へまわるぞ、来い！」

和海は近くにいた消防隊員となにやら話すと、二人を手招いた。

地面にはチェーンソーが並べられていた。

「行くぞ」

和海はその一台を手にした。

「やるしかなさそうだな」

観念したような彰男の低い声に従い、文哉もチェーンソーをつかんだ。

家の裏手に向かった和海は、的確に二人に指示を出していった。裏山、つまりビワ山への延焼を避けるために樹木を切り倒し、帯状に緩衝地帯をつくる手はずだ。

「まずはここいらの木を切っちまおう」

ヘルメットを炎の色で照らした和海が言った。顔には汗の粒が噴き出している。

「じゃあ、このビワの木も？」

彰男が尋ねた。

「そうだ、いいからやれ！」

和海が怒気を含んだ声を返す。

「おい、文哉！」

和海の呼ぶ声に文哉はハッとした。

文哉が立っている場所から、幸吉が倒れていたあたりが見えた。ひっそりと闇に包まれている。交錯するヘッドライトに一瞬照らし出されると、下草が腰のあたりまでのびていた。

文哉は膝立ちになってチェーンソーを足で押さえた。

そして、エンジンをかけるスターターロープに手をのばした。

38

「それにしても驚いたな」

中瀬が縁側でつぶやいた。

「――驚きました」

文哉はそう答えるしかなかった。

「現場へ行ってくれたそうだな」

「ええ、彰男さんから電話もらって。カズさんと合流しました」

「和海のやつも変わったよな。昔は消防団なんて入ってたまるかって、息巻いてたのによ」

「そうだったんですか」

「母屋《おもや》はほぼ全焼らしいが、大きな山火事にならんでよかった」

「そうですね」

畳の上で膝を抱えた文哉は小さくうなずいた。

「焼けたがいちばんひどかったんは、なんでも二階の部屋だったらしい」

「二階ですか？」

「ああ、そこが火元だって話だ。だもんで、火事の原因は付け火の疑いがあるらしい」

中瀬の声はいつもより低くゆっくりしていた。

文哉は泊まったことのあるその部屋を思い出した。窓から海が見えた。幸吉と一緒にビワの栽培をするなら、その部屋を間借りしたいと考えていた。

電話をくれた彰男からは、昨夜の消火活動のあと、似たような噂を聞かされた。彰男によれば、今年のお盆くらいから、幸吉の家の付近で人影を見たという人が続いた。その話は、文哉も以前聞いていた。背かっこうが似ていて死んだ幸吉の幽霊じゃないか、などと噂する者もいた、と。

以前、文哉が空き家管理の仕事を頼まれた際、不審者による不法侵入や占拠の対策としての見まわり業務を担っていた。実際にそういった被害を受けた家主からの依頼もあった。

「もしかしたら、あの家にはだれかが棲み着いていたのかもな」

鼻の下を煤《すす》で黒くした彰男はそう言っていた。

だとすれば、寒くなり、暖をとろうと二階の部屋で火を使ったのだろうか。

「ともかく、だれも死んだりケガしなくて幸いだった」

中瀬がサバサバとした調子で振り返った。

「ええ」

文哉は短く相づちを打った。

「ビワ畑も半分焼けたって？」

「そうみたいです」

文哉は多くを語らなかった。

――裏山に火が迫っていた。

――やるしかなかった。

彰男はチェーンソーのエンジンをかけるのに手間取っていた。

文哉のチェーンソーは小さな爆音を立て、すぐにエンジンがかかった。かかってしまった。

見覚えのある樹形のビワの根元に向かい、チェーンソーの刃を当て、文哉は右手のひらで安全解除装置を押さえながら、人差し指でスロットルレバーを引いた。老人の皮膚のようにしわの寄った樹皮が破れ、肉が飛び散るように水分を含んだ木くずが盛り上がり落ちていく。

文哉は泣きながら、幸吉のビワの木を切り倒した。

そのときの感触が今も生々しく両手に残っている。

「敏幸のやつ、連絡したら言葉を失ってやがった。これも、家のめんどうを見ようとしなかった報いかもな」

中瀬が苦々しく、それでいて鼻で笑うように言った。

39

「それで、向こうでなにか見つかったかい？」

「――え？」

聞き返した文哉は卓袱台を挟んで和海と向き合っていた。

すでに陽が落ち、庭には夜の帳が下りていた。こないだまで喧《やかま》しくさえ感じた虫の声も聞こえない。

「いや、おまえの顔を見て、そんな気がしただけさ」

和海の口元がゆるんだ。

「火傷《やけど》、だいじょうぶですか？」

「ああ、たいしたことねえ」

和海の右の眉毛が半分しかないのは、消火活動の際に焦がしたせいだ。飛び火が燃え移ったビワの木を切り倒す際、火の粉をかぶったらしい。

今日の午後、電話をもらい、夕飯を一緒にどうだと和海に誘われた。てっきり凪子も一緒だと思っていた。

「凪子から聞いたよ」

いきなりその名前が出てきた。

「なにをですか？」

文哉は動揺を気どられぬよう穏やかに尋ねた。

「おまえ、芳雄さんの息子だって言われること、気にしてんだって？」

「ああ、その話ですか」

文哉はほっとして小さくうなずいた。

「なんだよ？　ほかに話があるのか？」

「いえ、べつに」

首を必要以上に振ってしまい、「いや、その話なら、市蔵さんのところに行く前におれがしたからですよ」と弁解した。

「おまえら、そんな話もするんだな」

「え？」

「おまえ、おれには言わなかったじゃないか」

「いや、まあ、それは……」

「ふうん」

和海は首を揺らしながら、仕事帰りに肉屋に寄って買ってきたという惣菜に手をのばした。

「まあ、わからんでもないが、そんなこと気にすんな。少なくともおれは、そういう理由でおまえとつき合ってるわけじゃねえ。たしかに最初は芳雄さんがきっかけだった。文哉のことは、なにをしたいのかよくわからねえ都会の若造だと思ったけどな」

「ええ、あのときは自分でも――」

「あいつ最近、口数が増えてきたような気がするんだよな」

和海はコロッケをひとくちでたいらげ、油のついた親指を舐めた。

「凪子さんですか？」

「おいおい、まだ、さん付けで呼んでんのかよ」

「いや、それはそうと、口数が増えたのはいいことですよね？」

「まあな」

和海は視線を合わさずに、「話にはよ、おまえが登場することが多い」と続けた。

「え？　おれが？」

文哉は思わず身を引いた。「どうしてですかね？」

「なにも驚くことねえだろ。あいつの世界は狭いんだって」

「それはたしかに」

気づかれないようにツバを呑み込んだ。

「——それでですね」

文哉は自分から話題を変えた。「じつはおれ、カズさんに黙ってたことがあって」

「なんだ、ほかにもあんのか？」

和海はあぐらをかいた姿勢からすっくと立ち上がり、台所の板の間を軋ませると、冷蔵庫から缶ビールを出してきた。家に到着するなり和海が冷やした半ダースのうちの二本だ。

「ほれ」

差し出された缶ビールを文哉は受け取った。

和海があぐらをかくのを待ってから、文哉は背筋を伸ばし、市蔵に打ち明けた話をはじめた。ビワ畑で倒れている幸吉を見つけたあの日、幸吉にはまだ意識があり、最期に言葉を交わしたことを。その対話の詳細を。

「——そんな話をしてたのか」

和海は缶ビールを開けるのをためらい、文哉の話が終わってからしばらく口をきかなかった。

「黙ってててすいませんでした」

神妙に頭を下げた。

しばらくして和海が庭のほうを向いたまま、塊のような大きなため息をついた。缶ビールを開けたが、黙ったままだ。

「先日、あんなことがあって、あらためて考えました」

文哉のほうから口を開いた。

「あんなことって、火事のことかい？」

「ええ」

文哉はうなずいた。「火事の前、敏幸さんから連絡があったって、中瀬さんから聞きました。幸吉さんの家や土地について処分に困ってるらしく、安くするから買わないか、と言ってきてると」

「へっ」

和海が短く嘆息をもらす。

「正直、迷いました」

「そのあとで、家が燃えちまったわけだ。家を取り壊す手間も省けたし、さらに値引きしてくれるんじゃねえか？」

「いえ、おれは断るつもりです」

文哉はきっぱり言い切った。

「土地を持つの、あきらめるのか?」

「真っ赤な炎で燃えさかる幸吉さんの家を見たとき、感じたんです。ああ、幸吉さんが怒ってるって」

「怒ってる?」

「おれにはそう思えました」

文哉は正座した膝に両手を置いたまま続けた。「幸吉さんがおれに、『自分の土地を持て』と言ってくれたのは、なにも幸吉さんのビワ山や畑のことじゃないんだって、あらためて思いました。ここへは近寄るな、そう言われてる気さえしたんです」

「ふうん」

和海は小さくうなずいた。

「だからおれ、探そうと思うんです。自分の土地を」

「探す?」

「はい。自分にとっての、なんていうか、理想の土地を」

「おまえ、それって?」

「自分のやりたい暮らしができる場所です」

「ここじゃダメなのか?」

「それは——」

文哉は緊張を解くために自分の缶ビールを開け、膝を崩した。

和海もまたビールを飲んだ。

「この海が見える家は、親父が遺してくれた大切な家です。だから、できることなら手放したくありません」

「おまえ、そこまで考えてたのか」

「こんな時代なんで、なかなか気軽に出かけられませんが、カズさんのおかげで、今回はいい旅になったと思います」

「やっぱり、見つけたってわけだな」

和海は鬚のそり跡の濃い顎を右手で撫でた。

「かもしれません。自分にはまだまだ知らないことや、できないことがたくさんあります。ありすぎるくらいです。でも、これまでカズさんにたくさんのことを教えてもらいました。それに、おれにとって知りたいことや身につけたいことは、どうやら都会じゃなくて、田舎にあるような気がするんです」

「ここだって、田舎だろうよ?」

「そう思ってました」

文哉は顔を上げ、和海を見た。「でも、もっと田舎で暮らしてみようかと」

「もっと田舎？」

和海の声が裏返った。

「自分の力を試してみたくなりました。縁もゆかりもない場所で、自分になにができるのか。ここにいたら、いつまでも父親の影を意識して生きることになるような気がするんです。それに、カズさんにもきっと頼ってしまうだろうし」

「おまえはよくやってるよ」

和海は二度顎を強く振った。「やってるさ。なにもそれは芳雄さんのおかげなんかじゃねえ。気にするなって」

和海は短くなった右の眉を指先でつまもうとした。

「で、どうするつもりなんだ？」

「この冬を越したら、土地探しにいくつもりです」

文哉は和海の目を見て言った。

「今の仕事は？」

「親父から引き継いだ別荘管理の仕事は減ってきてますし、それだけで食っていくのはむずかしそうです。できれば、カズさんにお願いできないかと」

「会社は？」

「自分としては、区切りをつけようかと」

「やめんのか？」

「まだはっきりとは……」

「んー」

和海は両腕を組んで唸った。

「それから、凪子さんのことなんですけど」

文哉は言うことにした。

「ん？　あいつがどうした？」

「おれ、思ったんです」

「なにを？」

「凪子さんはたしかに、おれがこっちへ来た頃から見れば変わってきてるように思えます。おれとも話をしてくれるようになりました。でもやっぱり、まだ引きずっていると思うんです。亡くなったお母さんとのことです」

「――そのことか」

和海はそっけなく相づちを打った。

「おれが幸吉さんと最期の時間を過ごして、そのとき交わした言葉の意味を考えて悩んだように、凪子さんも」

「昔のこと。もう終わったことだ」

「いや、でも、凪子さんにとっては」

「あいつはなにも口にしなかった。言いたくねえんだ。おれだって何度も聞いたさ。でも、聞けば聞くほど、あいつは貝になった。口を開かなくなっちまった」

「どうしてですかね？」

「そりゃあ、そうだろうよ。考えてもみろよ。目の前で、自分の親が自ら命を絶ったんだぞ。凪子は当時まだ小さかった。口を閉ざしたくもなるだろうよ。思い出して話せって言えるか？　凪子はおふくろと一緒に警察に行って、聞かれたことに答えた。それでじゅうぶんだろ」

「そのときカズさんは？」

「おれはまだ東京にいた」

「――そうですか」

文哉はためらったが、そこで話を終わらせなかった。終わらせるべきじゃないと思ったからだ。

「凪子さんとお母さんは、最期にどんな話をしたんですかね？　おれはそのことが気になってます」

「あいつは言わんさ」

「それと――」

「またなんかあんのか？」

和海の声が不愉快そうに大きくなった。

「おれの親父のことです」

「芳雄さんがどうした？」

「そもそもおれの親父はなぜここに家まで買って、暮らしはじめたのか、その答えを知りたいんです」

「田舎暮らしがしたかったんだろ」

「それだけでしょうか？」

「ん？」

和海は残り少なくなった缶ビールをあおった。「おまえの親父だろ？　おまえにわからんことが、おれにわかるわけねえ」

「おれはですね、親父が田舎暮らしを夢みていた、なんて話は一度も聞いたことがありません。それはお互いの関係がギクシャクしてたからかもしれませんが。でも、親父は単に田舎暮らしがしたくてこの家を買ったんじゃないように思うんです」

「懐かしくなったんじゃねえの」

「若い頃にこっちの海に通い、カズさんのお姉さん、夕子さんと知り合った。いわば青春の思い出があったからですか？」

「そんなところじゃないか」

「でも、すでに夕子さんは亡くなっていました」

「だから前にも言っただろ。なにを今さらノコノコ現れたんだって、おれは思ったさ。それに、そんなこと知ってどうする？」

「別荘を任されている永井さんから聞いた話では、親父は、別れてしまった夕子さんの消息を調べ、不慮の死を遂げたと知って、自分がなにか力になれなかったかと悔やんでいたそうです。でも、姉から聞いた話では、うちの親父、夕子さんから、凪子さんのことを相談されていたらしいんです」

「――相談？」

「ええ、凪子さんが子供の頃の話のようです」

「なんでそんなこと、宏美さんが知ってんだ？」

「おれの母親、つまり父の離婚した相手から聞いたそうです」

「で？」

「凪子さんのことで連絡をとってたと」

「じゃあ、なにか――」

和海は身を乗り出したが、そこで押し黙ってしまった。

く、芳俉も、凪子の母、夕子も共に離婚している。それは文哉が幼い頃であり、そおれと時期にちがわないようにも思える。偶然なのだろうか。

それとも――。

文哉は憶測でものを言うつもりはなかった。ただ、知りたいというより、知っておくべきじゃないかと思った。自分の気持ちが凪子に傾くなか、本当のことを。

「おれの親父もそうだった」

首を弱く振った和海が口を開いた。「宵越《よいご》しの金を持たねえのが漁師だなんてかっこつけて、館山銀座に女をつくっておふくろを泣かせたりもした。姉貴が男にだらしないのは、親父に似たのかとも思ったさ。けどもよ、親子とか、血のつながった家族っていったって、なにもかも理解できるわけじゃねえ。わからねえのさ。そういうもんじゃねえか？」

「そうですね。それは」

「じゃあ、なにか？　芳雄さんがここで田舎暮らしをはじめたのは、凪子が理由だったとでも言うのか？」

「わからないです」

「たしかに芳雄さんは、凪子のことを気にかけてくれてた。おれの姉貴の面影を追っているようで、おれとしては複雑だった。だから最初におれは言ったのさ、かまわないでくれと。でもなぜか、引きこもりがちの凪子が芳雄さんになついた。今考えるとちょっと妙でもある。凪子のつくるおかしなもんを誉めては、売るって芳雄さんが言い出したときは、この人頭がおかしいんじゃねえか、と正直思ったくらいさ。凪子の拾ってきた流木が初めて売れたときは、涙流さんばかりに喜んでた。凪子はきょとんとしてたけどな」

「そんなこともあったんですね」

「凪子は、芳雄さんの子だって、文哉はそう思うのか？　腹ちがいのおまえの妹だとでも？」

「いや、おれは……」

「じゃあ、なんだってんだ？」

和海が声を荒らげた。

「そうじゃなくて、おれは凪子ちゃんに……」

そこまで言って、文哉は言葉に詰まった。

不意に涙がこみ上げてきた。これまでさんざん世話になってきた和海を怒らせ、不快にさせている。そのことがひどく悲しかった。

「泣くなって」

和海が声を落とした。

「おれは、ここへ来た芳雄さんをよく思ってなかった。それは、姉貴は芳雄さんに捨てられた。そう思ってたからだ。若い頃、芳雄さんと姉貴が逢瀬崎で逢《あ》い引きしてるという噂が立って、おれはたしかめに行ったのさ。二人を逢瀬崎の浜で見つけて、こっそり見てたら、サーフィンをはじめやがった。すごく楽しそうだったよ。だから結婚するもんだと思ってた」

「でも二人は別々の人生を選んだ」

「そうだな。結婚し、子供ができ、別れた」

「夕子さんの離婚の原因というのは？」

「姉貴は、よく知らねえが、別れた亭主から暴力を振るわれてたらしい。今で言うDVってやつじゃねえのか。なにが原因かは知らねえけどな。夫婦のことなんて、夫婦にしかわからねえだろ」

「そうですね。うちの両親についても」

文哉は答え、尋ねた。「じゃあ、凪子さんは？」

「なあ、文哉？」

「はい」

「昔のことなんて、おれにとってどうでもいい。おれは、なんとか凪子に自立してほしいと思ってる。自分で食っていけるようにな」

「わかります」

「おまえ、その力になってやってくれないか?」

「それは――」

文哉は頬を濡らした涙を手の甲で拭った。「おれの望むことでもありますから」

「――そうか」

和海はうなだれ、うなずいた。

――たとえ、妹じゃなかったとしても。

口にしなかったが、文哉は思った。

「おまえの気持ちはわかった」

和海は洟をすすって缶ビールをぐいっとあおったが、空だったようだ。立ち上がり、台所の板の間を軋ませ冷蔵庫へ向かう。

「やっぱりおまえは変わりもんだな。おれも昔よくそう言われた。変わりもんは、変わりもんらしく生きるしかねえ。人生ってのはよ、ふた通りさ。なるべく人と同じように無難に長生きしようと生きるのか、それとも自分の意志を貫いて自分自身の人生をまっとうしようとするのか。いずれにしても一度きりだ。てめえで選ぶしかねえ」

そして、和海のいつもの声が聞こえた。

「さぁ、むこうであった、おもしれえ話でも聞かせてくれよ」

40

和海の言う通りかもしれない。

凪子は以前より口数が増えてきた。

それでいいじゃないか。

人には触れてほしくない領域というものが存在する。たとえ、近しい者であっても。

――急ぐのはやめよう。

文哉はそう考えた。

――待とう。

自分にしても台風での被災や幸吉の死から前を向くまでには、それなりに時間がかかった。その時間は、人によってさまざまでもあるはずだ。

凪子のことは気になっている。でもそれは、どういった感情なのか自分でも今ひとつはっきりしなかった。

遠くにいる美晴よりも、身近にいる凪子のほうが接する機会は当然多くなる。東京の出版社に勤めて稼ぐ美晴には、もはや自分は不相応なようにも文哉には思えてしまう。どこか頼りない凪子をかまいたくなるのは、自分の弱さからきているような気もした。

自分もいつの間にか世界が狭くなってしまったのだろうか。

はっきりしないことを思い悩むより、自分のやるべきことに注力すべきなのかもしれない。


今後の会社運営のことを相談するために、文哉は別荘の管理契約者である寺島と連絡をとった。

七十歳を過ぎた寺島は、文哉の父と生前親交があり、別荘管理を仕事にするよう芳雄の背中を押した人物でもある。別荘管理業務を引き継いだ息子の文哉もまた世話になっていた。

テラさんこと寺島は、ここ南房総に別荘を所有して三十年以上になる、いわば別荘村の最古参でもある。台風の直後には、別荘のガレージにある発電機を使うよう文哉に指示し、物資の支援にもいち早く動いてくれた。

だが、去年の台風で大きな被害を受けた寺島邸は、未だ元通りになっていない。周辺の別荘が時間をかけつつもリフォームされるなかで、取り残されている印象が強い。未だ屋根があった部分にブルーシートをかぶったままの寺島邸を見るのが文哉は辛かった。

同じ気持ちであろう寺島も、今年の夏に来て以来、こちらに足を運んでいない。

「じつは、別荘の件なんだけど、正直行き詰まってる」

寺島の声にはいつもの張りがなかった。

「どうしてですか？」

「永井さんが紹介してくれた業者と何度か打合せをしたんだが、あの家を直すのは現実的ではないらしい。それくらい被害が深刻だってことだね。以前、文哉君が指摘してくれた通り、柱もシロアリにやられている。ここへきて、解体して新しい家を建てることを勧められてね」

「――そうなんですか」

文哉は言葉が見つからなかった。

「家を解体して建て直すとなれば、やっぱり一大事だ。保険に入っていたから、資金の問題をなんとかクリアできたとしても、時間の問題が残る」

「時間ですか？」

「家を建てる時間というんじゃなくて、私自身の人生の時間のね」

「それは？」

「考えてみりゃあ、私ももう若くない。そのことを意識するようになった」

「そんなことないですよ」

文哉は思わず反論した。「テラさんは、ボートの上でもおれなんかよりよほど動けるし、まだまだ元気じゃないですか」

「まあね、海の上ではね。ただ、まわりからは心配されるし、反対もな……」

「そうなんですね」

文哉の声も沈んだ。家族のことにまで立ち入るべきではない気がした。

「まあ、そうなると、ボートのほうも考えなくちゃならなくなる」

「え？」

「このままそっちに行けないようじゃ、維持費ばっかりかかってしまうからね。それもどうなのかと。つまり、終活をはじめるべきなのかと……」

寺島の言葉はいつになく歯切れがわるかった。

ボートでの海釣りがいちばんの趣味であるはずの寺島の迷いに、ことの重大さを感じずにはいられなかった。去年の大型台風、新型コロナウイルス感染症の大流行。人々の日常、多くの時間が奪われ続けていることはまちがいない。

「永井さんの具合はどうなんでしょうか？」

文哉は、寺島と共に会社設立時に援助してくれた未亡人の名前を挙げた。

「永井さんはね、病院から出たら、なんらかの施設に入るかもしれないね」

「そうなんですか？」

「息子さんから少し話を聞いた」

「そうなると、こっちの別荘は？」

「わからない」

寺島の声の調子に変化はない。「まあ、年には勝てませんよ。といっても、永井さんも私も七十過ぎだからね。じゅうぶん長く生きたんだよ。少し前に見舞いに行ったとき、あなたのことを心配してたよ」

「――そうですか」

文哉は自分のこと、会社のことについて話すのをためらった。

「最近、そっちはどうだい？　なにか釣れてるかい？」

釣りの話になったとたん、寺島の声が明るくなったのが、どうにもせつなかった。

41

「都倉君から、聞いたわよ」

「なにを？」

「会社経営をやめようと思ってるんだって？」

「――は？」

と応えたと同時に、「あのバカ」と文哉は思った。

「よかったじゃない」

スマホから聞こえてくる美晴の声はやけに明るかった。

「なにが？」

「都倉君、張り切ってたよ。おれが力になってやるしかないって」

「へえー、そうなの？」

「ほら、都倉君は起業を夢みてるから」

「そうか、あいつらしいな」

「なんだったら、会社を引き継いでもいいくらいに考えてるんじゃない？」

「だったら、ありがたいけどね」

「あなたは、また勤めればいいんだから」

「おれ？」

「結局、それしかないでしょ」

「そうかな……」

文哉は考えるフリをした。

ひさしぶりに電話をくれた美晴との会話がどうにも弾まない。

——なぜだろう。

「ねえ、今からでも遅くないから、なにか資格でもとったら？」

美晴の声が遠のいていく。

自分が身につけたいものは、履歴書に記入するために、金を使ってテストを受けて得られる類いのものではない気がした。そんなものは今は必要性を感じない。興味がある資格といえば、狩猟免許くらいだ。でも、そのことは口に出さなかった。

「なにかの資格をとることは、人によって大切かもしれないけど、おれは食うためのスキルを身につけていきたい」

代わりにそう言ってみた。

「それって目に見えないし、漠然としてるよね」

――かもしれない。

「東京にもどってくれれば？」

美晴の声がいつもよりやさしく聞こえた。

理由は尋ねなかった。

「じつは私、転職することに決めたの」

「そうなの？　せっかく希望の職種につけたのに？」

「キャリアアップしようと思って」

「へえー、それはおめでとう」

「まあ、実際に動くのはこれからなんだけどね」

美晴は自信あり気に言うと、「それであなたはどうする気？」と心配そうに尋ねた。

「おれ、試してみたくなったんだ」

文哉は本音を漏らした。

「なにを？」

「縁もゆかりもない土地で自分が生きていけるのかどうか」

「なにそれ？　なんのために？」

「ただ、試してみたいんだ」

「ねえ、世の中をうまく渡るには、コネを使うことも大切だよ」

美晴は真面目な声で言った。

――人は、変わっていく。

やはり生きている環境に左右されるのだ。文哉は確信した。

「そうかもね」

文哉は曖昧に応じた。

自分はたぶん、美晴とはちがう生き方を望んでいる。そう思った。

42

凪子が再び店番に顔を出すようになった。

とはいえ客はほとんど来ないので、アケビのツルと毎日格闘している。

都倉とはあらためて電話で話をした。美晴との会話は持ち出さなかった。とりあえず今出せる凪子のクラフトを急ぎ送ることにし、次回は新しい作品を用意できるかもしれないと期待を持たせた。会社の話は少し触れるだけにした。


十二月上旬、文哉は約束通り凪子を誘って山へ向かった。

出かけるに際して、念のため和海にも声をかけた。「二人で行ってこいよ」と和海は答え、すぐあとで、「そんなこといちいちおれに聞くな」と言って、そっけなかった。たしかに文哉も凪子も子供ではない。

「どこの山ですか？」

出発前に凪子に問われ、「まだ決めてない」と答えた。

ただ、近場である幸吉のビワ山へ向かうつもりはなかった。火事のあと手を合わせたが、その後は足を運んでもいない。

当日、凪子は山に入る服装をしてきた。

といっても、登山用に開発された類いのウエアーではなく、いわば文哉のアドバイス通りだった。はき古したジーンズに汚れてもよさそうなグレーのジャンパー、足もとは長靴、黄色いリュックサックを背負って両手を空けている。リュックはどうやら子供の頃に使っていた品らしく、凪子の物持ちの良さを感じさせた。

黒髪を後ろで束ねた凪子は、だれかのお古と思しき野球帽をかぶり、首にはタオルを巻いている。化粧っ気はまったくない。眉はそのままのかたちで太く、少年のようだ。つまりは、文哉を意識したような出《い》で立《た》ちではなかった。

そのことは文哉を内心がっかりさせたが、凪子に対する自分の立ち位置が定まらない今、安心させもした。文哉にしてもふだんと同じかっこうだった。

作品づくりや店番で世話になってもいる凪子には感謝していたし、少しでも旅行気分を味わわせてやりたかった。とはいえ、それほど遠出するつもりはなく、とりあえずいつものように店に来てもらい、軽トラックで海沿いの道を南に向かった。

無理に話を弾ませようとはしなかった。凪子はいつものように口数が少ない。というか、ほぼ黙っている。

中古の軽トラには、音楽を流す装置などは付いていない。芳香剤も置いてないので、たぶん干臭いだろう。それでも凪子は不満そうでもなく、助手席で静かに景色を眺めている。

会話することはもちろん大事だけれど、こういう時間もわるくない。文哉はそう思うことにした。お互い過度に気を遣っているわけでもなさそうだ。

住宅や店舗が建ち並ぶ海岸沿いの国道から内陸へ向かうと、たちまち里山の風景に変わっていく。海辺の家に住み、引きこもりがちだった凪子にとって、そんな風景も目新しいのかしょっちゅう首を振り、キョロキョロしながらドライブを楽しんでいる様子だ。

天気は晴。雨の心配はなさそうた。

文哉が考え事をしていると、なにかのメロディーが聞こえてきた。それは初めて耳にする凪子の鼻歌だった。

ちゃかさずに、文哉は黙ってハンドルを握った。耳を澄ましたが、なんの曲なのかわからなかった。

「このへん、どうかな？」

道幅の狭い一車線になり、いよいよ家も田畑も見かけなくなった頃、文哉が口を開いた。両側に雑木林の斜面が続いている。

「どこか車を停めるところがあれば」

「――あそこは？」

不意に凪子が指を差す。

カーブの手前のスペースを見つけ、文哉は軽トラを左に寄せ、ブレーキを踏んだ。

「どうだろう？　入れそうかな？」

運転席から右手の斜面をうかがった。

市蔵とアケビのツルを採取した場所は山のなかではあったが、案外開けた場所だったことを思い出していた。

「とりあえず、行ってみよう」

文哉は外に出た。辺りに人影はまったくない。

ここでは熊の心配はないものの、イノシシなどの獣と遭遇する危険がないとはいえない。念のため、腰袋のほかに鉈を下げ、凪子には熊避けの鈴を付けさせた。

準備を確認し、出発。

初めて山に入るという凪子に注意を払いながら、道なき山にとりついた。

市蔵と山に入った際は、後れをとらぬように背中を追うだけでよかった。この手の山登りにだれかを案内できるほど、文哉はまだ慣れてはいない。山も海と同じだ。初めての山は、未知の世界であり、どうしても怖さがある。

毎年夏に潜る逢瀬崎の入り江は、砂地や海藻の生えている位置、岩棚の連なり具合を記憶している。そのため種類の異なる獲物の潜んでいる場所もほぼわかっている。

最初は目に入らなかったものが、見えるようになった。

きっと山も同じだろう。繰り返し入れば、自分の庭のようになるはずだ。そういう山を身近に持てたら――。

斜面を登る際、足場を上手く確保できない凪子に手を差し出した。

凪子は躊躇することなく、文哉の手を握った。お互い手袋をしていたが、初めての握手といえた。凪子の指は細く、強く握り返すのをためらった。

ここがどのあたりなのかは把握していたが、等高線が記された地図などの用意はない。それもあって奥まで分け入るつもりはなかった。凪子には、登山道のある鋸山《のこぎりやま》の裏ルートあたりが無難だったと後悔しはじめてもいた。それでも山の雰囲気だけでも経験させてあげようと、しばらく藪を漕ぎつつ歩いた。

まだ秋の気配を残す森の木々は、葉の多くを落としていたが、紅葉した葉を身に着けているものもいた。梢《こずえ》のあいだに垣間《かいま》見える青い空は、文哉に勇気を与えてくれた。差し込む光が地面の落ち葉をまだら模様の金色に染め、その柔らかな絨毯《じゅうたん》を踏みしめ二人で前進する。

「――ツルだ」

凪子の声が後ろでした。

振り返ると、思いがけず距離ができていた。

「どれ？」

文哉は小走りでもどった。

たしかにツルだったが、アケビではなさそうだ。とぐろを巻くように木の幹にしっかり絡まり上へ昇っている。太さは直径二センチほどもある。

「なんのツルだろう？」

文哉は樹冠を見上げた。

「こういうのもおもしろそうだね」

凪子が興味深げにつぶやいた。

「え？」

「なにかに使えそう」

「そうか、なにもアケビにこだわることないもんね」

「オブジェになるかも」

「へえー、そういうことなんだ」

文哉には、凪子の発想がよくわからなかったが、うなずいてみせた。

「木もツルも枯れてるから、とってみる？」

「できれば」

「オーケー」

文哉は腰に下げた鉈を抜き、凪子の指定した位置でツルを切断した。丁寧に幹から外すと、まるで大きなバネのようなかたちになった。

「おもしろい」

凪子は小さく笑った。

収穫したツルを文哉のリュックに仕舞い、再び歩きはじめる。

「寒くない？」

文哉は歩幅を狭くし、凪子の歩くペースに合わせた。

「ううん、暑いくらい」

すぐ後ろで凪子の声がした。鈴の音も聞こえる。

森のなかには薄陽が差し込んでいるもののほの暗かった。まるで海の底に潜ったような雰囲気で、足もとの枯れ葉を踏む音だけがやけに耳につく。こんな場所に二人で来るなんて、凪子はそれなりに自分を信頼してくれているのだと感じた。

「これなんだろう？」

「どれ？」

「ほら、こんなの」

山に入ってしばらくすると、凪子は口数が増えてきた。

最初はひとりごとをつぶやき、大げさに驚くそぶりをしていたが、そのうちに文哉に声をかけてきた。自然に囲まれた高揚感からなのか、怖さを紛らわしているのかよくわからなかったが、どちらかといえば前者のような気がした。

「山にはいろんなものがあるね」

と凪子が言った。

「そうだね。海辺に着く漂流物のなかにも、山からの贈り物があるもんね」

「たとえば?」

「流木だってそうでしょ。山が集めた水が川になって、山から流されたものが海にたどり着くわけだから」

「そっか」

「でも、山にしかないものもあるよね」

文哉が言うと、凪子は答えず、しばらくして「お腹《なか》が減った」と自分から言い出した。朝食を食べてこなかったらしい。

まだ十一時過ぎだったが、少し開けた場所を見つけ、倒木にレジャーシートをかぶせるようにして即席のベンチをつくり、早めの昼食にした。

「——どうぞ」

凪子は黄色いリュックサックから二人分のおにぎりと弁当箱を出した。

フタを開いた弁当箱のなかには、色むらのない卵焼きとカボチャの煮物が銀紙の仕切りを挟んで詰められていた。

「お、うまそ」

文哉は声を上げた。昼食の用意としてカップラーメンを持参したのは黙っていることにした。

おにぎりは二種類。ひとつは、よくあるサケおにぎりではなく、アジおにぎり。具材に地元の干物のアジが使われていた。なるほどこれもアリだなと文哉は感心した。手に取ったもうひとつは、混ぜご飯風のおにぎり。

「手が込んでるね」

文哉はしばし眺めてから頬ばった。

こちらはさっぱりとした口当たりながら、味は単純ではない。

「なにが入ってんのかな？」

文哉が尋ねると、めずらしく「当ててごらん」と凪子が答えを求めた。

「まず、ちりめんじゃこ？」

「そう」

「黒いのは海藻？　ひじき？」

「うん、秀次さんからのもらいもの」

「で、このしょっぱいのは」

文哉はもうひとくち食べ、「そうか、梅干し」と答えた。

「当たり」

凪子は同じおにぎりの三角頭を頬ばる。

「――おもしろいもんだな」

文哉はつぶやいた。

凪子がつくってきてくれた二種類のおにぎりは、いずれも初めて食べたが、文哉の口には合った。また食べたい、と思わせる味だ。一方、宏美がつくる初めて口にする変化球の料理は苦手だった。

料理に関しても、海の漂流物でつくるクラフト同様、凪子のセンスのよさを感じさせた。もしかするとセンスというのは、ある特定の分野に限定されるものではないのかもしれない。それに、そう感じるのは、凪子とは案外馬が合うからかもしれなかった。

刻みワカメ入りの卵焼きも、今が旬とも言える甘辛く煮たほくほくのカボチャも、特別な主張があるわけでなく安心して食べられた。

「凪子さんは、料理が上手だね」

文哉が言うと、黙って首を横に振る。

「そういえば、イチジクのジャムもおいしかったな」

文哉が思い出すと、「ありがと」と凪子が答えた。

「でも、きっと山で食べるからだよ」

凪子が少し間を置いてから言った。

「かもね、遠足みたいだもんね」

文哉も同調してみせた。

食後に、携帯用のガスバーナーを使って湯を沸かした。凪子は近くを歩きながら、海辺で貝殻を拾うように腰を折り、手をのばした。真っ赤に染まったモミジの葉を手にしている。

姿は見えないが、どこからか野鳥の地鳴きが聞こえてきた。空からは、音もなく落ち葉が降ってくる。静けさに満ちた山のなかに文哉が淹れたコーヒーの香りが漂った。

「こういうのいいね」

凪子が高くはないがかたちのよい鼻先を空に向けた。

「そう?」

自分でも思っていたが聞き返した。

「なんか空気がちがう」

「感じる?」

「かるいの。風に湿気がないし、においも」

「たしかに潮風とはちがうね。浜に打ち上げられた海藻が放つ磯臭さなんかもない。山のにおいだよね」

「なんだかほっとするの」

凪子は言葉を止め、続けた。「いつも海ばかり眺めてるから」

「そういえば、そうだね」

文哉はコーヒーを注いだマグカップを差し出した。

「ありがと」

凪子は、お尻ふたつぶん離れた文哉の隣に腰かけた。

「旅先で感じたけど、山もすごくおもしろいよ。海だとアワビやサザエはとるな、タコもだめだ、とかいろいろと規制があるけど、山は持ち主の了解さえもらっていればまず問題ないらしい。知り合いのそういう山で自然薯を掘ったり、アケビのツルを採ったりした。燃料となる薪なんかもね」

「それって便利だね」

「そうだね、いろんなかたちでの恵みがある」

「海は買えないよね？　山って買えるの？」

凪子が素朴な疑問を口にする。

「もちろんどんな山でも買えるわけじゃない。でも、個人が所有している山もある」

え、山って高いの？」

「値段のことなら、どうなんだろう？　宅地よりはもちろん、畑よりも安いんじゃないかな。そうか、山を手に入れるって手もあるね」

なにげない凪子との会話だったが、文哉はふと考えた。そういえば、山というのも土地であることを。そもそも宅地や畑は、最初からそうだったわけじゃない。山や原野を切り拓いて人は暮らしはじめたのだ。

そういう意味でも、やっぱり土地なんだな、と思った。

「また、行くつもりなんだね？」

凪子の声色が沈んだ。

「え、どこに？」

文哉は心を読まれた気がした。

「――遠くに」

風に震えるその声に、文哉は応えられなかった。

不安になるのも無理はない。凪子のクラフトの販売を文哉はすべて請け負っている。売れた場合にはマージンをもらっているが、凪子は文哉に頼っている。文哉にしてもその仕事におもしろさを感じているが、今後だれかが引き継いでくれる保証はない。

短い沈黙のあとで、凪子が口を開いた。

「私ね、ほんとのことというと、今の家から出たいの」

「え？」

文哉は飲みかけのコーヒーを危うくこぼすところだった。

それは初めて聞く凪子の願い、あるいは夢だった。

「あの家にね、ひとりで住むのがこわいとか、そういうことじゃなくて」

凪子は言葉に詰まりながら言った。

「もしかして、トイレが水洗じゃないから？」

文哉は試しに尋ねてみた。

「ちがう」

「——じゃあ、なんでかな？」

シェラカップからコーヒーをすすり、少し間を置いてから尋ねた。

「文哉さんが前に言ってたこと、私もわかるから」

「なんだっけ？」

「芳雄さんの息子って言われることに、疲れたって」

「ああ、そのことね」

もちろん嘘ではなかった。和海に漏らしたその言葉が、凪子はなぜか心に引っかか
っているらしい。

理由に、凪子自身が教えてくれた。

「私も、そういうとこあるから」

「そうなの？」

文哉が、凪子の言う「そういうとこ」について思い当たるのは、同じく親のことだ。凪子の母、夕子が理由のような気がした。海に身投げをしたあの夕子の娘だと言われることに、疲れた、というのだろうか。だとすれば凪子は、自分から母親のことを口にしたことになる。

「台風の前に誘われたの」

凪子が唐突に時間を去年の秋にもどした。

「え？　なんのこと？」

「東京に一緒に行かないかって」

「それって、まさか彰男さんに？」

「うん」

凪子は小さくうなずいた。「できたての名刺をもらって、私にもつくったほうがいいって言われたときに」

「――そうだったの？」

文哉は驚くと同時に尋ねた。「今の家から出たいって、東京に行きたいってこと？」

「ううん」

即答した。

「じゃあ、どこへ？」

凪子はマグカップを両手で持ったまま動かなかった。

文哉は待った。

「私ね。海が――」

と凪子は言いかけた。

「海が？」

「海が、――見えないところへ」

そう言うと凪子はうつむいた。

目を伏せ、声を立てずに泣いていた。まるで他人に気どられぬように隠れて子供が泣くみたいに。人前で泣くことを自分に禁じていたのかもしれない。

そんなふうに凪子が涙する姿もまた初めて目にした。

文哉は感じていた。凪子が、自分からあの日に近づいていることを。けれど文哉は、あの日、海の上のボートでなにがあったのか、どんな対話を凪子が母と交わしたのか、聞き出そうとはしなかった。

「そうだったんだ。凪子さんは」

文哉は思ったままに続けた。「気づけなくて、ごめんね」

木々に囲まれたこの場所で、凪子は感じたままに素直に語り、感情を表していた。

そんな凪子を前に、できることは限られていた。

文哉の頬にも静かに涙が伝った。

凪子にとって、母を失った海を眼前に暮らし続ける日々がどういう時間だったのか、文哉には容易に想像できなかった。この海辺の町で暮らす限り、海で命を落とした母の娘として凪子は生き続けなければならない。おそらく凪子は、あの子は変わっていると後ろ指を差されながら生きてきた。そんな呪縛から解き放たれるためには、凪子の望む場所を選ぶべきなのかもしれない。そして、それは凪子の自由であるべきだ。

思い出したように森のなかを風が渡っていく。見えない子供が無邪気に駆け回るように、そこかしこで落ち葉が舞う。そんな風に抗《あらが》うように、赤いトンボが一匹、地面に落ちた小枝につかまっていた。

「──私、言われたの」

凪子が口を開いた。

「だれに？」

「あなたのお父さんに」

文哉の心臓が小さく跳ねた。

そういえば、凪子自身から芳雄の話を聞くのは初めてだった。父と交流のあった凪子なら、なぜ父が、海が見える家を買ったのか、ここで暮らしはじめたのか、本当の理由を知っているかもしれなかった。

「――なんて？」

文哉は静かに尋ねた。

「私がお父さんだと思ってた人は、本当のお父さんじゃないって」

「え？」

「なんで私のお父さんは、お母さんをいじめたんだろうって、ずっと思ってたんだけど、それはちがうって」

「どういうこと？」

「お母さんが結婚するとき、お腹のなかに私がいたらしいの」

「じゃあ、結婚した相手の人の子ではなかったってこと？」

凪子は黙ってうなずいた。

「それを、おれの親父から直接聞いたの？」

「うん」

「どうしてそんなこと親父は知ってたんだ？」

文哉は自分に問いかけてみた。

お母さんから聞いたって言ってた」

凪子はもう泣いてはいなかった。

文哉は乾いた唇を舐めた。

「芳雄さんが亡くなる少し前に言われたの。そのことを伝えるようにお母さんから頼まれたって。なにかあったら、凪子に、私に、本当のことを教えてやってくれって」

「本当のこと？」

「そう」

「――それで？」

「私、ボートの上で、最後にお母さんに言われたの。『ごめんね』って。その意味がずっとわからなかった」

無理に聞き出すまいと思っていたことを、凪子自身が語りはじめていた。

だとすれば、凪子は――。

「文哉さんがいないときに、宏美さんから聞かれたの」

「なにを？」

「血液型はなに型かって」

「そんなことを？」

思わず首を横に振った。

「うん。だから答えた。B型ですって」

「B型？　てことは？」

「宏美さんはO型だって言ってた」

「おれもO型」

「よくわからないけど。宏美さんは、そうなんだ、って言って安心したように笑ってた」

「それって、どうなんだろう？」

「ていうか、私、芳雄さんに聞いたの。どうしてこんなに親切にしてくれるんですか？　って」

「──うん」

文哉の喉がゴクリと鳴った。

「本当のお父さんだからですか？　って」

「で？」

「残念ながらちがうって。自分は夕子と別れてから一度も会ったことはない、だからあり得ないことだって」

「──そう」

文哉は前屈《まえかが》みになっていた姿勢をもどした。「だったら、ちがうね」

「うん、[illegible]と思う」

凪子はうなずくと続けた。「芳雄さんが言ってた。ここに来たのは、約束を守るためだって」

「約束？」

「芳雄さんと私のお母さんは、若い頃にこっちの海で出会ってとても仲良くなった。でも別れてしまった。結婚しなかった。でもね、いつまでも友だちでいようって二人で決めたんだって」

「――友だち？」

「うん、そう言ってた。困ったときに助けるのが本当の友だちだろって」

「そうなんだ」

文哉は小さく息を吐いた。

どうやらそれが、文哉の父、芳雄が、海が見える家を買って田舎暮らしをこっちではじめた真相らしい。信じられないほど純粋で滑稽ですらあるけれど、寡黙だった父らしい、まっすぐな思いでもあるような気がした。

文哉は顔を上げ、凪子の横顔を見た。

芳雄にも、姉にも、そして自分にも似ていない。

芳雄と夕子が互いに強く結ばれていたことを、今さらながら思い知った。たとえ伴侶に選ばず法律上は結ばれなくても、思い続けることはできるのだと。離れていても忘れずに通じ合えるのだと。いや、二人の愛はかたちを変え、成就したのかもしれない。

だからこそ、文哉は今、横に座っている凪子と出会えたのだ。

――偶然ではなく。

「芳雄さん、言ってた」

凪子がこっちを向いた。「いつかこの家に、自分の娘や息子を呼ぶから、そのときはよろしくって」

文哉は亡き父の言葉を、凪子を介して聞いたとたん、こらえきれず嗚咽した。

凪子も一緒に泣いてくれた。

「――ありがとう。話を聞かせてくれて」

文哉はこみ上げる涙を隠さずに頬に流した。

再び風が落ち葉を舞い上げる。飛び去ったのだろうか、いつのまにか足もとにいた赤いトンボが姿を消していた。

涙を流しながら文哉は告げた。

「おれ、じつは別のところで暮らそうかと思ってる」

「やっぱり、そうなんだね？」

「うん……そう決めたんだ」

「そこはどんなところ？」

凪子の声が聞こえた。

「そこはね、たぶん、海が見えないところだと思う」

43

ネットでその情報を文哉が見つけたのは、凪子と山へ入った数日後のことだった。グーグルマップで自分が旅した場所を検索した。地図の表示パターンを基本地図から航空写真に変更して眺めていると、市蔵の家を見つけた。

そこから、ストリートビューと呼ばれる機能を試してみた。バーチャルリアリティの技術により、実際の画像を使って仮想的な世界が表現されるこの機能は、まるでその場所に立っているように周囲を見渡すことができる。

ノートパソコンの画面上で、帰りに通った道をゆっくりたどってみたところ、電柱の「熊の出没に注意」の赤字を見つけた。さらに進むと、腰の曲がったあのおばあさんの後ろ姿が画像に写り込んでいた。

思わず「イトさん！」と声に出したくらいだ。

そして、あの家があったあたりに地図上で立ってみた。

イトさんが、枝切りバサミをとられた柿の木の少し先にある、青い屋根の家だ。しかし、視点を振れる角度に制限があり、鮮明に記憶に残っているあの家は見当たらない。

地図の表示パターンをストリートビューから航空写真にもどしてみる。

――あった。

木々が生い茂った山の際に、青い屋根を半分隠すようにして建っている。

近くに家は存在しない。まるで緑に包囲されているようだ。ノーマルな地図上では、幹線道路から曲がりくねった細い道がその家まで続いている。しかし航空写真では道は確認できない。山を背負うように建つ青い屋根の家は、やはり長年使われていない廃屋のようだ。

試しにマップ上の住所を調べ、その住所のあとに「空き家」と打ち込んで検索した。するとと、ある市のウェブサイトが表示された。

「空き家バンク登録物件」とある。

空き家バンクとは、空き家を売りたい人、貸したい人が登録し、情報を提供するサービスで、自治体が主体となって運営している。

「――これだ――

文哉は首をのばして画面をのぞきこんだ。空き家物件のなかに、あの青い屋根の家が掲載されていた。

中古住宅として振られたナンバーの横に※印があり、（農地付き）とあった。

その下に物件概要が記されている。

土地面積「三百九十八坪」

地目「宅地　畑」

建物の構造「木造瓦葺平屋建」

建築「昭和四十七年新築」

設備「水道・公営　排水・汲取り　電気・東京電力　ガス・プロパン」

間取り「４Ｋ」

価格「二百三十万円」

「――マジか？」

思わずつぶやく。

畑付きでこの値段なら、自分にも手が届きそうだ。

ただし、補修の要否には「必要」とある。つまり、そのままでは住むのがむずかしい、ということだ。

所在地の地図はまちがいなくあの場所だった。

最後に、「就農者向け」「農地法三条許可が必要」とあった。

文哉はさらに情報を集めることにした。

44

元旦に年賀状が届いた。

文哉が賀状を送った、寺島ら別荘管理の契約者からも届いていた。その数は管理する別荘と同じく、かなり減ってしまった。入院中と聞いていた永井さんからの賀状があった。

すべて毛筆の手書きで、新年の挨拶のあと、短くこう記されていた。


自分自身に正直に生きてください。


冬のあいだの多くの時間、文哉は凪子と一緒に過ごした。

凪子は休店日と週末以外は店番に顔を出していた。昼には、凪子のつくってくれるまかないを、卓袱台を挟んで向き合っていただき、ときには夕飯も共にした。

店が休みの日の前には、どこへ行くか相談した。凪子と会うことは、和海にはもう連絡したかった。二人で逢瀬崎で待ち合わせたこともあった。

正月明けには、凪子が新たな素材を使って仕上げたクラフトを文哉に見せにきた。それは、文哉が海辺で拾った流木に、市蔵と山で採ったアケビのツルを編み込んだものだった。滑らかに磨き上げられた流木に、色合いの異なるツルが丁寧に籠状に編み込まれている。貝殻をあしらえば素敵な置物になり、果物などを入れるバスケットとしても使える実用性を兼ね備えていた。見栄えもするし、なにより自然なあたたかみのある凪子らしい作品に仕上がっている。

いわば、海と山とが融合した、凪子の新境地といったクラフトだ。

さっそく都倉に新作の画像をＬＩＮＥで見せたところ、「やばいね！」という絶賛の言葉のあとに、「すぐに送れ」と返信があった。

しかし、文哉はためらった。なぜなら、もったいなくなってしまったのだ。飽きもせず、いつまでも眺めていられた。

「材料さえそろえば、またつくれるよ」

はにかみながら凪子は笑っていた。

しかし厳密に言えば、同じものは二度とつくることはできない。それこそ一期一会の作品なのだ。

文哉は、凪子と一緒に再び冬の山へ入った。

植物のツルは寒さのせいか木肌が荒れ、硬化してしまっていた。そのため、クラフト用には向かない可能性もあったが、それでもかまわなかった。

なぜなら山に入れば、他人の目を気にせず、二人きりになれる。山のなかでは、凪子はじつによくしゃべるようになり、積極的な姿勢も見せた。

手づくりのお弁当を食べながら、文哉は自分なりに調べたあの空き家のことを語り、自分の夢の計画を口にした。

倒木の文哉の隣、すぐ横に並んで座った凪子は、文哉の目をのぞきこむようにして熱心に話を聞いていた。

45

——二月下旬。

出発の朝、文哉は庭から海を眺めた。

逢瀬崎の上空にいつものようにトンビが舞っている。

どこかでウグイスが鳴いていた。

簡単な朝食をとり、建て付けのわるくなった雨戸を閉め終えると、なにやら外が騒がしい。どこから聞きつけたのか、庭に人が集まってきていた。

外へ出るなり、野球帽をかぶった中瀬が声をかけてきた。

「やっぱり、行くんか？」

「──ええ」

「めぼしい場所でも見つけたか？」

「え？」

文哉はごまかそうかと思ったが、「とりあえず、見に行くだけですよ」と答えた。

「わざわざ遠くまで行くからには、その気なんだべ？」

「まあ、よく見てみないことには……」

文哉は頭を掻いた。

「どこへいぐ？」

事情をつかめていない潜水漁師の秀次が口を挟んだ。

「山のほうです」

「なにしに？」

「自分にとって理想の土地を探しに」

文哉は笑顔で答えた。

「ほう、そいつはかっこええな」

無精髭で秀次が笑う。

「あれから敏幸からまた電話があってな」

中瀬の言いかけたせりふには、「ええ、でもその話はもうけっこうです」と文哉はやんわり遮った。

「ああ」

中瀬はうなずいた。「わかっとる。おれも同じこと言ってやった」

「おい、忘れ物ねえか？」

ぶっきらぼうな声は和海だ。

「これ、持ってけ」

和海が押しつけるように差し出したのは、きれいに包装された菓子折だった。

「市蔵さんになら、土産は持ちましたよ」

「なにを？」

「これですよ」

文哉は軽トラックの荷台に積んだキャンプ道具を押しのけ、段ボール箱のフタを開けた。緩衝材にくるまれているのは、流木とアケビのツルで凪子がつくった新作のクラフトだ。

「まあ、いいから。これも持ってけ」

利海は目を合わせずに言った。「――頼んだぞ」

「わかってます」

文哉は小さく答え、うなずいた。

「おう、土地探しに行くんだってな」

消火活動のとき以来ひさしぶりに顔を合わせた彰男はスーツ姿だ。

「なんか、営業マンみたいですね？」

文哉がちゃかし気味に言うと、「営業マンだから」と胸を張った。

小さな笑いが起きる。

早春のやわらかな陽を浴び、みんないい顔をしている。

「それでは皆さん、わざわざ見送りありがとうございます。留守のあいだ、またよろしくお願いします」

文哉は深々とお辞儀をした。

「あれ？」

彰男が軽トラックをのぞき込む。「なんで凪子ちゃん、助手席に座ってるの？」

「え？」

文哉はとぼけた。

「どういうこと？」

「まあ、そういうことなんだって」

中瀬がうっとうしそうに舌を鳴らした。

「凪子ちゃん、気をつけてな」

中瀬の奥さんが窓越しに手を振る。

「え？　日帰りなの？　すぐに帰ってくるの？」

彰男がみんなの顔色をうかがう。

「うっせえな！」

和海が声を抑えて怒鳴った。

また、笑いが起きる。

「向こうはまだ寒いだろうから、風邪ひくなよ」

中瀬が野球帽を小刻みに動かし、薄くなった生え際を掻いた。

その横で彰男は茫然と立ち尽くしている。

「じゃあ、気をつけてな。なんなら、帰ってこなくてもいいぞ」

さっさと行けとばかりに、和海が声を大きくした。

「ではあらためて、行ってきます」

文哉は上着を脱ぎ、運転席に乗り込んだ。

「――頼んだぞ」

最後に和海がもう一度発した言葉は少しだけ湿っていた。

苦笑いを浮かべながら文哉はハンドルを握り、軽トラックを出発させた。

ガタンとタイヤが縁石を乗り越え、坂道に出る。

もう後ろは見ないと決めた。

ゆっくり坂道を進む助手席の窓から、建ち並んだ別荘のあいだにときどき青い海がのぞいた。沖は白波が立っている様子もなく、凪《な》いでいる。

「さあ、行こう――」

自分を鼓舞するように文哉は声に出した。「――もっと田舎へ」

新しいなにかがはじまる予感がした。

助手席の凪子は黙ったまま、まっすぐ前を向いている。

緊張しているのかと思えば、やがて鼻歌が聞こえてきた。

春とはいえ、風はまだ冷たかったけれど、自分が理想と見なした土地がどんな顔をして迎えてくれるのか、楽しみでしかたなかった。目にまぶしいほどの黄色い菜の花の咲く空き地を過ぎ、軽トラックは二人を乗せて北へ向かった。

遠ざかる海を背中に感じながら――。

完

―――本書のプロフィール―――

本書は、「WEBきらら」二〇二二年二月号から十月号に連載していた「海が見える家4」を、加筆して刊行したものです。

小学館文庫

海《うみ》が見《み》える家《いえ》　旅立《たびだ》ち

著者　はらだみずき

二〇二二年十月十一日　初版第一刷発行

発行人　石川和男
発行所　株式会社　小学館
〒一〇一-八〇〇一
東京都千代田区一ツ橋二-三-一
電話　編集〇三-三二三〇-五九五九
　　　販売〇三-五二八一-三五五五
印刷所――――大日本印刷株式会社

この文庫の詳しい内容はインターネットで24時間ご覧になれます。
小学館公式ホームページ　https://www.shogakukan.co.jp

ISBN978-4-09-407187-0